中华先锋人物
故事汇

青藏铁路建设者

铸造"天路"的人

QINGZANG TIELU JIANSHEZHE
ZHUZAO "TIANLU" DE REN

葛 竞 著

党建读物出版社　

图书在版编目（CIP）数据

青藏铁路建设者：铸造"天路"的人/葛竞著. —南宁：接力出版社；北京：党建读物出版社，2024.8
（中华人物故事汇. 中华先锋人物故事汇）
ISBN 978-7-5448-8562-1

Ⅰ.①青… Ⅱ.①葛… Ⅲ.①传记小说-中国-当代 Ⅳ.①I247.5

中国国家版本馆CIP数据核字(2024)第078926号

青藏铁路建设者——铸造"天路"的人
葛 竞 著

责任编辑：杨豪飞　申立超
文字编辑：杨雯潇
责任校对：阮 萍　刘哲斐
装帧设计：严 冬　　美术编辑：高春雷　许继云
出版发行：党建读物出版社　接力出版社
地　　址：北京市西城区西长安街80号东楼（邮编：100815）
　　　　　广西南宁市园湖南路9号（邮编：530022）
网　　址：http://www.djcb71.com　　http://www.jielibj.com
电　　话：010-65547970/7621
经　　销：新华书店
印　　刷：北京科信印刷有限公司
2024年8月第1版　　2024年8月第1次印刷
787毫米×1092毫米　32开本　4.25印张　61千字
印数：00 001—10 000册　定价：25.00元

版权所有　侵权必究

质量服务承诺：如发现缺页、错页、倒装等印装质量问题，可直接联系本社调换。
服务电话：010-65545440

目 录

写给小读者的话 ·············· 1

"天路"的传说 ·············· 1

第一个坐着汽车进拉萨的人 ······ 9

从未有人完成过的艰巨任务 ····· 23

牦牛拖车 ················· 33

硬骨头 ·················· 45

救命的最后一根火柴 ·········· 53

谢永江的心病 ·············· 67

青春之花 ················· 79

高原上的生命救援体系·········91

比山还高的人·················103

绿色"天路"··················115

写给小读者的话

坐火车时,我们总会被车窗外的风景吸引,当你搭乘穿行在青藏高原上的列车时,眼前由雪山、湖泊、草甸、荒原组成的风景,犹如一部动人心魄的风光纪录片,让人不舍得眨眼。

伴随着美景,列车一路驶向高原。高原上的天气阴晴不定,当夜晚降临,经常会下暴雪,这时车窗上结满冰花,铁轨也会被厚厚的积雪覆盖。因为低温,铁路上的融雪装置失灵了。就在你感到担忧时,暴雪中有一队人,他们肩头落满雪花,头顶散发着热气,正在铁路沿线巡逻。为了保障列车的正常运行,他们花了一整夜才清理完铁路上的积雪。此刻,迎着黎明的朝阳,你和辛勤的护路员隔着车窗对视，彼此挥手，你不由得赞叹，这才是青藏铁路上最美的风景！

这是一个真实的故事，我在采访的过程中被这一幕深深打动。一条穿越青藏高原的天路，背后的曲折故事让人动心、动情，科学家、工程师、建造者、养护者，共同创造了中国铁路交通建造史上的奇迹。这本书将要讲给你的故事，会让你对科技的进步与发展感叹不已。在温差极大、海拔高气压低的环境中，怎样建造一条经得起各类考验的铁路？青藏铁路从无到有，有着怎样起伏跌宕的历程？而且，这条铁路是如何与高原上的野生动物和谐共处的？

窗外美景展现的，是铁路上璀璨的科技之光与精神之光。这些光融化了寒冷冰峰上的雪花，温暖了高原上的每一颗心。

当你再次登上青藏铁路的列车，回味这一段段温暖感人的故事时，车窗上仿佛映出了中国铁路人的面庞，与高原风景相互映衬。让列车带着你在蜿蜒的铁路上一路向前，奔向远方。

"天路"的传说

神秘而充满未知的远方总让人充满好奇、心向往之。

过去,人们徒步、骑马或乘着小舟奔向远方。后来有了汽车、火车、轮船、飞机这些更快捷的交通工具,人们可以在短时间内就到达世界各地。未来,甚至普通人也可以乘坐宇宙飞船,飞向浩瀚无垠的太空。

今天,火车是很多人出行常常选用的交通工具。

只需要收拾好行李,怀揣着满心的憧憬,耐心等待一段时间,你便可以到达千里之外。旅途的时光里,与窗外的风景做伴,大地与风仿佛在推着你往前走。

截至二〇二三年底，中国铁路营业里程达到十五万九千公里，这一条条钢铁道路直通茂密的森林，贯穿辽阔的平原，穿过荒芜的沙漠，跨越波涛汹涌的海峡……中国有约九百六十万平方公里的土地，坐上火车，你便可以抵达大江南北，好像穿越一般。

但你可能不敢相信，中国的铁路会通向几千米高的地方。那不是只有飞机才能做到的事情吗？这听上去也太不可思议了。

你一定听说过世界上最高的山峰——珠穆朗玛峰，这座山峰就矗立在被称为"世界屋脊"的青藏高原之上。

西藏自治区位于平均海拔四千米以上的青藏高原上，这里地广人稀，资源丰饶独特，不仅有全世界最高的山峰，还有桃花源般美如仙境的奇景，更有独具特色的人文历史。

有人说，这里是离天空最近的地方，神圣而美妙。这里有一百零一种矿产资源，潜在价值上万亿元。

这里的天然草地面积超过了内蒙古和新疆，位列全国第一。

这里的水能资源理论蕴藏量达到了两亿一千万千瓦，位居全国之首。

这里的动植物资源同样令人惊叹。截至二〇二三年底，这里有二百一十九种国家重点保护野生动物，西藏鸟类有四百八十八种。我们熟悉的雪豹、藏野驴、野牦牛等，都是西藏特有的保护动物。在西藏的九千六百多种野生植物里，有一千零七十五种都只能在这里找到。

这里真是一个宝藏之地！

西藏自治区是我国五个少数民族自治区之一，位于我国西南边陲，有着极其重要的战略地位。西藏有着一百二十多万平方公里的土地，从元朝开始，正式被纳入中央管理。数百万藏族、汉族和其他民族同胞生活在这片土地上，但因为交通不便，西藏一直以来都是人们眼中的神秘仙境，外面的人难以进入，这里的人也不容易走出去。

二〇〇六年，随着火车的鸣笛声，神奇的"天路"——青藏铁路正式通车了。这条全世界海拔最高的铁路，打开了雪域高原的大门，让神秘仙境不再难以靠近。这可不是虚无缥缈的传说，这是在中国大地上发生的真实的奇迹。

现在，让我们回到九十多年前，回到没有铁路的时候，回到那个离我们有些遥远的海拔高高的青藏高原。在这里生活着一个和小读者们年纪差不多大的女孩，她叫卓玛。

二十世纪三十年代，卓玛生活在很高很高的雪山旁边。她的母亲告诉她，她是大山的女儿，她的一生都会与雪山、高原紧密相连。每天她睁开眼，看到的就是一望无际的连绵雪山。春天雪会融化，冬天草会枯萎，但眼前的大山似乎永远不会变。

雪山险峻，道路难行，复杂的环境把人们困在这里，与世隔绝，不仅去不了远方，而且和亲人见面都很困难。如果遇到了糟糕的天气，那些外出的人可能会被困在风雪中，再也回不了家。

然而，再险峻高耸的山峰，也不能阻断人们对外面世界的向往与好奇。年轻的人总想走出去看看，也正因如此，总会有人迷失在风雪之中。

和生活在那个地方的其他女孩一样，卓玛既没有读过书，也没有看过电视，唯一能接触新鲜事物的机会，就是听母亲讲故事。睡前，她总是央求母亲再讲一遍关于"天路"的传说。

那真是一个神奇而美妙的故事。

故事发生在一个冬夜，一个年轻人被风雪困在了山里，他迷路了，又冷又饿。天色越来越黑，他已经到了生死边缘。

就在生死攸关之时，年轻人听到了远方传来的脚步声，看到一束光照亮了前方。他挣扎着抬起头，看到一队人正在向他走来，这些人身上闪闪发光，仿佛有着不可思议的神力。他们前行的速度很快，脚下似乎踩着风火轮！威严的大山因他们的到来让出了道路。这一队神奇的"天路来客"离年轻人越来越近，就在搭救他的那一刻，他们脚下出现了一条金光闪闪的"天路"。这条路是由坚不可摧的金属铺成的。它劈开山林与灌木，穿行在冰天雪地的高原之上。年轻人站起身来，沿着这条道路向前走，终于走出了大山。

卓玛听得入了迷，这是一个多么美好的传说啊。"天路来客"，他们真的会出现吗？

那时的青藏高原,别说"天路"了,连普通的公路都很罕见。要进入西藏,人们只能靠双腿与马匹,想要安全抵达,还需要几分勇气和运气。

在历史上,进藏之路一直被死亡的阴影笼罩着。汉朝时,曾有一支军队路过地处青藏高原东北部的青海湖,但因为这里气温太低、路途难走,一夜之间冻死了五千人马。后来唐朝的文成公主入藏,随员和牲畜在路上损失过半。可见这条由青海进西藏的路途有多危险。即使到了近代,这条道路依然充满艰险,从青海或者四川到西藏拉萨往返一趟,徒步的话,需要超过半年的时间,不知有多少人在这条路上丢掉了性命。

要是换另一个方向进藏呢?那时,从云南到西藏,一路上除了要穿越横断山区,遇到危险重重的金沙江、澜沧江、怒江等河流,更要翻越白马、梅里这样令人闻风丧胆的雪山。陆路难行,水路更难。要渡江,只能走索道或索桥,别无他法。

跨群山,要提防掉入峡谷;穿河流,要小心水流湍急。雪崩、路窄,还有一些危险的野生动物……山高路远加上各种难以预料的状况,使青藏高原上很多与卓玛家一样的家庭难与外界联系，长期与世隔绝。

为了将各种物资更加快捷、顺利地输送至西藏，让西藏与内地连接更加紧密，无数勇士用自己的血肉之躯，在内地与青藏高原之间铺就了一条神奇的"天路"——青藏铁路。

一百多年前，孙中山说："凡立国铁路愈多，其国必强而富……苟能造铁路三百五十万里，即可成为全球第一之强国。"一九一九年，他在《建国方略》里描绘了以昆明、成都、兰州三城连接拉萨的铁路网蓝图。这是中国人第一次提到要建从拉萨到兰州的铁路。

当时的《纽约先驱报》的记者在得知这一设想后评价说："牦牛都上不去的地方，怎么修建铁路呢？"

那这条如此艰难，又如此重要，看似不可能建成的铁路，究竟是怎样被一点儿一点儿建造起来的呢？

第一个坐着汽车进拉萨的人

二十年过去了,转眼间到了二十世纪五十年代。

卓玛长成了一个大姑娘,她和住在另一个山头的男子结了婚,现在肚子里还怀着小宝宝。这二十年里,卓玛一直惦记着的那些"天路来客",在她心中已经逐渐具象成了一位位坚毅的解放军战士。

眺望着无边无际的雪山,卓玛总是想象着雪山之外那丰富多彩的世界。她总是向那些远方来客打听外面发生的故事,通过他们的描述来勾勒外面世界的模样。

渐渐地,卓玛心中生出想要走出大山的愿望,但山路艰险难行,这个愿望就像"天路"的故事那样，或许只能是她内心深处的一个梦想。如果真有一条能送她走出群山的路，那该有多好啊！她总是这样默默地企盼着。

这一天，阳光灿烂，金色的日光洒满了高原，卓玛赶着小牦牛来到了雪山的关口。雪山山顶在太阳的映照下闪着耀眼的光。卓玛看到远处的山坳里好像有一些神秘的小黑点，正朝她移动过来。

那些黑点越来越近，越发清晰，原来是一队行进在白雪中的人马。他们穿着厚实的衣服，脸被晒得黝黑，虽然风尘仆仆，但步伐依然如高原上不知疲倦的骏马般坚定。

卓玛以前从没有见过这些人。道路艰险，几乎没有陌生人能够闯进雪山，他们是谁呢？难道他们走的是那条神秘的"天路"？

原来他们是途经这里的中国人民解放军，为首的指挥员来到卓玛身边，和善又客气地向她问路。

这位剑眉星目的指挥员叫慕生忠。上中学的时候，他就投身革命，带领一支游击队惩恶扬善。一九三三年，他加入中国共产党，曾为创建陕北革

命根据地做出过重要贡献。

卓玛和慕生忠并肩站在雪山前，望向远方。

卓玛说："这么长的路，这么高的山，一步步走来，真不容易。"

慕生忠回答道："一步一步走，总能走得到！以后，这里还会有一条让后人走起来更方便、更舒坦的路。"

慕生忠的眼睛闪闪发光，里面燃烧着希望与梦想的火苗。卓玛注视着这双坚定的眼睛，脑海中出现了那条开天辟地、穿越雪山的"天路"。

那么，这位身经百战的解放军指挥员为什么会来到西藏呢？

一九五一年八月，奉中央命令，西南军区派遣部队向西藏进发。西北军区也组织了进藏部队，而慕生忠就是这支队伍的政治委员。这是慕生忠有生以来第一次进藏。

这支队伍自青海香日德镇往南，经黄河发源地巴颜喀拉山进藏。沿路有丰富的水资源，可以解决战士和骡马的饮水问题，但过于丰富的水资源又使道路十分泥泞，人和骡马一旦陷入泥滩，就难以脱身。

队伍好不容易走出了沼泽地，又要翻越大雪山——昆仑山和唐古拉山，还要过冰河——通天河和沱沱河。一千六百多公里的行军路上，他们经历了高原反应、缺氧、严寒、地震等难以想象的艰难险阻，跋涉近四个月才抵达拉萨。

这支进藏部队约三万人，每天仅粮食就要消耗几万公斤，但为了不增加饥寒交迫的西藏人民的负担，中央要求"进军西藏，不吃地方"，所以当务之急是解决吃饭问题。为了解决驻藏部队的补给问题，一九五三年，中央要求组建西藏运输总队，专门负责为驻藏部队运送粮食。因为有一次进藏经验，慕生忠被任命为运输总队政委，负责具体运输事宜。

第一次进藏时慕生忠就充分领教过沼泽的厉害，知道哪些路不能走，所以这一次他决定寻找一条更容易走的路。从青海格尔木出发，最终到西藏拉萨，路途比他第一次进藏要远，但避开了沼泽、塌方和土匪出没之地。全程平均海拔五千米左右，但路不险峻，土质坚硬，更适合运输队运送物资。

同时，他也没有再选用常规的骡、马运输物资，而是选择了骆驼。

骆驼被誉为"沙漠之舟"，相较于骡、马和牦牛，骆驼力气更大，而且免疫力强，极少生病，非常适合在恶劣的环境下运输物资。

一切准备就绪，运输队准时出发，开始从青海向西藏运粮。

重新规划的进藏路线尽管避开了危险重重之地，但困难程度并不亚于第一次进藏。骆驼原本生活在沙漠中，只能吃高草，而进藏路上满是大片的雪原，根本找不到高草，加之此行所带粮草不多，没多久就消耗完了。因为饥饿，加上高寒缺氧、天气恶劣，从宁夏、青海、甘肃、内蒙古等地好不容易征来的骆驼越来越瘦，接连倒下。一趟下来，两万多峰骆驼仅剩下了几千峰。

虽然从青海、四川走的两路运粮队伍克服了重重困难，完成了运输任务，运来的粮食解决了驻藏部队缺粮的问题，但接连两次艰难的进藏经历也让慕生忠明白，靠原始落后的运输方式来保证供给绝非长久之计。于是，一个大胆的想法从慕生忠的心底萌生：在青藏高原上修出一条现代公路。

其实，早在解放西藏之初，毛泽东主席就提出了"一面进军、一面修路"的方针。想要彻底解决西藏物资供应问题、发展建设西藏和巩固西南国防，就必须修路。一九五四年，王震被任命为铁道兵司令员兼政治委员，在那时他就表过决心："我们一定把铁路修到川陕交界的大巴山，新疆、青海、甘肃的天山和昆仑山，一直修到喜马拉雅山去！"

一九五四年，有过两次艰难进藏经历的慕生忠来到北京，找到交通部公路局，表达了西藏应该有一条直达公路的想法。

话音刚落，当时的公路局局长震惊了——从没有人提过在青藏高原修公路这么大的工程。

公路局局长很疑惑，慕生忠的这个想法究竟从何而来，代表了哪一方的意见？

慕生忠很坦然地说，这是他自己的想法，就是想修这条路，所以他从青海赶来了。

公路局局长一时拿不准主意。修建一条通往西藏的路，这哪是他能决定的，他也感到了为难。

这次来北京，慕生忠得知自己的老领导彭德怀也回到了北京，便去拜访了老首长，顺便向老首长汇报了修公路的计划。

彭德怀听完计划，又研究了地图，认为西南地区的交通网上确实存在太多空白，便让慕生忠尽快撰写修路报告，他要去向周恩来总理汇报此事。

在彭德怀的推动下，中央批准了修筑青藏公路的报告，并指派慕生忠担任青藏公路筑路总指挥，青藏公路的修筑由此揭开帷幕。

周恩来总理批了三十万元作为修路经费，同时提出可以先修建格尔木到可可西里这一段。中央还从兰州军区调拨了十轮卡车、铁锹、十字镐、炸药等一系列物资，用来支持慕生忠的修路工作。

有了经费和物资，慕生忠兴冲冲地回到格尔木，准备实施修路计划。可当时的条件真的太艰苦了，青海地区物资匮乏，工人们长期无法摄入足够的蔬菜和水果，许多人身上起了一片又一片的紫色斑块。修路工作还没展开，有些人就被高原反应搞得心生怯意，认为在高原劳动是会死人的，甚至还有人因为害怕高原反应想要离开。

为了鼓舞士气，慕生忠想出了一个办法。他把所有人召集起来开会，说青藏高原的条件确实太过艰苦，想离开的人都可以走，他不会强留，但是他恳请大家帮他开荒，就一天时间，把萝卜籽种下就行。

大家听后觉得没什么问题，第二天一早就开始了开荒工作，只用一天就把二十亩荒地变成了萝卜园；而且，一天的劳作过后，并没有人因为高原反应而倒下。

慕生忠又把大家都召集起来，说在高原不能干重体力活儿应因人而异，这次开荒工作的劳动量也很大，但是没有人生病，那修路又有什么可怕的呢？经过这次开荒，没有人再因为恐惧高原反应而想当"逃兵"了。

一九五四年五月十一日，这是一个历史性的时刻，慕生忠带领他的修路队伍出发了，就此开始创造新中国修路史上的奇迹。

许许多多像卓玛一样的藏族同胞站在青藏高原上，要亲眼见证这个开天辟地的创举。卓玛感到无比震撼。母亲曾经给她讲过的"天路"，就要在她面前缓缓展开了。她想象着宽阔的公路将从她的脚下开始蜿蜒，连接起她眼前似乎永远都无法跨越的座座雪山。

这是怎样一段艰险的历程啊！修路队伍以格尔木河畔、昆仑山口、楚玛尔河为据点，充分发挥不怕苦、不怕累、不怕牺牲的精神，迅速展开工作。

慕生忠有着几十年的军旅经验，能打仗，善指挥，但修路对他来讲是完全陌生的领域，尤其青藏高原平均海拔超过了四千米，河网交错，沼泽密布，空气含氧量低，要在这样险恶的环境中修路，无疑是难上加难。但慕生忠有着过人的领导智慧，他善于听取意见，敢于用人，也能果断决策，而且修路队伍从始至终都十分团结，这让修路工程少走了许多弯路。

慕生忠事事冲在前，和工人们同吃同住。在医疗条件极差的情况下，他和所有工人一样，常用缝衣针缝合脚上因干燥而开裂的伤口。在庆祝青藏公路开通的活动上，他甚至没来得及换上军装，身上穿的还是和修路工人一起工作时的旧棉袄。

在慕生忠的领导下,从格尔木到可可西里这段约三百公里的公路,不到八十天就竣工了。

格尔木至可可西里段公路建成通车后,慕生忠再次向中央请命,申请继续向前修建公路。这一次,慕生忠得到了两百万的修路经费和一千名工兵、一百辆卡车。

一九五四年八月,修路队伍一路穿越风火山,行进到沱沱河;十月,他们到了唐古拉山,在海拔五千多米的冰峰雪岭上修筑了长达三十公里的公路,汽车终于可以开过唐古拉山口;十一月中旬,这条公路被推进到藏北重镇——黑河。

十二月十五日,慕生忠和他的修路队共两千多人,一路克服艰难险阻,终于抵达青藏公路的终点——拉萨,慕生忠也成为史上第一个坐着汽车进拉萨的人。

这条穿越"生命禁区"的公路全长一千二百八十三公里,平均海拔在四千米以上,但慕生忠和他的修路队,用最简单的工具,花最少的金钱,仅用时七个月零四天便修建完成,不仅是新中国公路建设史上的奇迹,在世界修路史上也是凤毛麟角。青藏公路的建成通车，基本解决了当时西藏的物资供应问题，还加强了西藏与内地的联系，藏族同胞亲切地称这条路为"地上的长虹，幸福的金桥"。

青藏公路修好那天，卓玛刚好要分娩。她生平第一次搭乘汽车，来到了医院。一切都很顺利，她生下了一个健康的男孩，男孩与青藏公路同岁，就像这条道路在高原土地上逐渐展开一样，孩子也在她的肚子里长大。她给孩子取名为"将朗"，意为"天路"。

但卓玛不知道的是，青藏公路并不是"天路"的终点。那条和她的孩子同一天诞生的，给人们带来无限希望的公路，将与孩子一同成长。卓玛见证了许多变化，她还会走进更璀璨的时代。"天路"并非遥不可及，中华儿女靠自己的双手修建了无数条曾被认为是不可能完成的道路。

一九五五年，慕生忠又向中央建议组建青藏铁路建设工程局，而铁道兵司令员王震此前就已经向毛主席立下了将铁路修到喜马拉雅山的军令状。

青藏铁路这个改变中国道路交通历史的梦想，

一步步地变成现实。

　　故事还有很多，道路还有很长，让我们慢慢讲下去。

从未有人完成过的艰巨任务

你是否曾观察过祖国的地形图？如果你是个细心的人，就会发现这张地形图上的色彩以块状分布，并且从西往东颜色逐渐变化，像颜料盘似的。

实际上，这些色彩代表着海拔，棕褐色越深的地方海拔就越高。注意到这些的时候，你会很容易地发现，祖国海拔最高的地方在地形图的西南部。没错，这里就有平均海拔超过四千米，被称为"世界第三极"的青藏高原。

四千米是什么概念呢？如果你有跑步的习惯就会知道，四千米的距离你可以在半小时内跑完。但请注意，我刚刚提到的四千米是指海拔，我国沿海地区的平均海拔为五十米，对比可知，青藏高原的平均海拔有多高。

换个思路想象一下，在建筑沙盘上，如果沿海地区是一层高的平房，那么青藏高原则是一幢直耸入云的摩天大楼！所以，人们才将这条铁路称为"天路"，沿着这样一条路前进，就像一步一步走向天际。

如果在地形图上将此区域放大仔细观察，你很快就会发现，"天路"连接着青海的西宁和西藏的拉萨。两地之间有三段连绵起伏的山脉，分别是昆仑山脉、唐古拉山脉和念青唐古拉山脉。

这三座山脉间的地理环境独特且复杂，不仅有一望无际的草原、崎岖险峻的峰峦和寸草不生的荒漠，还有大大小小的盆地和沼泽。

请再回忆一下刚刚提到的海拔，相信你的脑海里也会浮现这样一个问题：在海拔如此之高、地貌如此复杂的高原修建铁路，真的可行吗？

铁路运输受自然条件影响相对小，运输力强，装载力大，在性价比上颇具优势，因而对地方发展至关重要。宽阔的火车车厢可以装载各种各样的货物，是飞机和汽车比不了的。

但是火车运输也有受限的地方，要通火车就必须先修建铁路，与修公路相比，修铁路会面临更多未知的困难。

青藏高原已经有了公路，是不是也可以修建铁路呢？

为了回答这个问题，一九五五年，慕生忠亲自前去探路。他带上勘测工程师曹汝桢、刘德基和王立杰，开着吉普车，迈出了青藏铁路考察的第一步。

四人一路穿越西宁、格尔木，又翻山越岭，不仅要和天气抗争，还要提防土匪。历时两个月，四人终于完成了初步考察。看着手里厚厚的考察资料，他们确定了青藏高原可以修铁路，但也有必须解决的问题。至此，这项人类建设史上伟大的铁路工程才徐徐拉开了帷幕。

想象一下，当拿到一个需要组装的玩具时，你是否会在组装前仔细地翻阅说明书？如果没有说明书，你还有信心能组装好吗？修筑青藏铁路就是这样一个没有"说明书"的大工程。

当时，人们对青藏高原的地理环境、气象条件、水文条件等认知非常有限，而且世界范围内几乎没有在高原地区修建铁路的成功案例，所以可以参考的资料很少。

在这样艰苦的条件下，为了能规划一条最安全、最科学的路线，铁路设计师们数十次登上青藏高原，对高原复杂且多变的地形、水文和天气情况进行了实地勘测。

由于工程时间长，涉及人数多，人们将青藏铁路的建设分为以下三个阶段：

第一阶段，慕生忠的考察；

第二阶段，放弃青藏线，优先修筑滇藏线；

第三阶段，各方合作重启青藏线。

一九五六年，铁道部第一勘测设计院接到勘测兰州至拉萨路段的艰巨任务，这还从未有人尝试过。这是我国对青藏高原进行的第一次铁道勘测，距离二〇〇六年青藏铁路全线建成通车，还有五十年。

庄心丹是第一批前往青藏高原开展勘测工作的"元老"之一。

庄心丹身材瘦削，眉毛浓密，眼神睿智且坚定。他一九三七年毕业于之江大学土木工程系，毕业后曾参与多个机场、铁路项目的建设工作，其中包括云南、四川、上海等地的机场，以及宝成线、包兰线、兰新线等西北重要铁路。

一九五七年，四十二岁的庄心丹正式被任命为青藏铁路第一任总体设计师，也就是铁道勘测任务的第一任"前线指挥官"。

这年夏天，庄心丹和设计院的初测队伍，带着设备和锅碗瓢盆，满怀信心地踏上了青藏铁路第一次全线测量的征程。尽管具备丰富的经验和扎实的理论基础，他还是被很多难题绊住了。

那个年代交通工具很少，在青藏高原做勘测要靠骑马、骑骆驼或者步行。

你有过高原缺氧的感觉吗？那感觉就好像被一双无形的大手紧紧握住喉咙，大脑混沌不清，整个人仿佛被一只密不透气的口袋死死罩住；双腿更像灌了铅一样沉重，每走一步都需要拼尽全身的力气。

如果你曾有过爬山或徒步旅行的经历，那你一定知道，在极度疲惫的状态下继续前行，是一件多么考验体力和意志力的事！

青藏铁路勘测队就是在这样的条件下翻山越岭，跨越沼泽冰川，测出了珍贵的数据。

勘测人员每天除了疲惫，还要忍受环境带来的各式各样的考验。在那段最难熬的日子里，庄心丹写道："七月飞雪衣衫薄，清晨抱被卧冰层。空气稀薄难行路，岭顶相传十二步。"

比起白天行路的困难，夜晚的青藏高原更是充满挑战。

庄心丹和队员们每日出工时，除了携带勘测设备、仪器之外，还要配备枪支弹药，以防野兽袭扰和土匪抢劫。

一天傍晚，勘测工作接近尾声，天空突然下起了雨。庄心丹见状，挥手示意大家先返回营地，自己留下来做最后的检查。

先回到营地的工程师熟练地拿出存储的干牛粪，碾成粉末后点燃，然后往锅里倒着十分稀缺的干净的水。

不久，雨越下越大，狂风暴雨向人类展示着大自然的威力。在这种时候，人们都想躲到温暖的帐篷中休息，但是在野外工作的庄心丹担心的却不是自己的身体，而是怕雨淋湿长枪。于是他用雨衣裹好长枪，骑上马匆匆往营地赶。负责站哨的工程师看见远处有人骑着马驰骋而来，身上背着长枪，来势汹汹，便警觉起来，立刻吹响了警哨。

勘测队员们迅速跳进用来掩护的工事里，拿起枪齐刷刷地对准了马背上的人。子弹已上膛，就在这紧急的时刻，有人听出了庄心丹那铿锵又稍带绵软的声音，这才解除了误会。

从格尔木上到昆仑山，海拔骤然升至四千七百米，温度也降到了零下。夜里，勘测队驻扎的楚玛尔河高平原下起了纷纷扬扬的大雪。

漫天雪花，飘飘洒洒地覆盖大地，荒凉的山变得洁白，有一种宁静而肃穆的美。但对于在野外工作需要夜宿荒原的人来说，这可不是一件浪漫的事情，而是令人恐惧的挑战。

一天清晨，庄心丹醒来后，发现帐篷已被积雪压倒了，昨夜烧得很旺的炉子也被雪覆盖，就连挂着的毛巾也被冻得僵硬，掉落在地上就会发出咣当一声。最好笑的是，每个人的眉毛、胡子上都结了一层冰，都变成了须眉皆白的老人。

面对如此艰苦的环境，勘测队员们却没有抱怨，他们边抖落身上的积雪边互相打趣，欣赏着彼此身上独一无二的"冰霜花展览"。

这是一种令人钦佩的勇敢。真正的勇士，不仅有披荆斩棘、不断开拓的信念，更有困难压不垮、挑战吓不退的胆量。因为心中满怀对理想的敬畏，他们才会苦中作乐，斗志昂扬，永不言弃。

一次在风雪中前进，为了方便确认方向，庄心丹骑上了较为高大的骆驼。厚厚的积雪将凹凸不平的地面覆盖得非常平整，庄心丹骑着的骆驼，一不小心脚下踩了空，踉跄了一下，他就从骆驼背上狠狠地摔了下来。

他疼得动弹不了，队员们纷纷下马一起将他扶起。为了不耽误勘测队的进程，稍做检查后，庄心丹咬紧牙关忍着疼痛，重新骑上骆驼，顶着凛冽的寒风再次出发了。

从一九五七年到一九六一年，庄心丹率领勘测队，在极端严酷的环境下，完成了对青藏铁路格尔木至拉萨段（以下简称"格拉段"）的初测和定测，并形成了一份长达三百页的勘测报告。这份报告数十万字，一笔一画都是庄心丹亲手所写，几乎所有事项都有据可查。

这份详尽的勘测报告为青藏铁路工程拨开了云雾，指明了技术方向。

报告中，庄心丹还特别提出了"冻土保护原则"，而这也成为青藏铁路的设计原则之一。

或许你会好奇，什么是冻土？

想象一下，青藏高原是一个巨大的冷库，里面存放着大量的冷冻食品。这些冷冻食品就是冻土。

在这些冷冻食品中，土壤里的水分被冻结成了冰，就像我们平时吃的冰激凌一样，如果它们融化了，青藏高原的生态环境就会受到很大的破坏。

庄心丹对冻土问题的关注，恰恰说明他对这片高原满怀热爱。此时的他已经不只是一个勘测者，更是一个环境保护者，他在真切地倾听、思索、守护这里的一草一木和生态平衡。

在庄心丹和勘测队的共同努力下，青藏铁路的建设工程终于走出了扎扎实实的第一步。

牦牛拖车

翻阅中国的地形图你会发现，青藏铁路格拉段工程，需要跨越多座大山。这片区域不仅海拔更高，气候更寒冷，空气更稀薄，加上最棘手的冻土难题，使得格拉段成为青藏铁路建设过程中难度最高的一段。

一九五八年，青藏铁路西宁至格尔木段（以下简称"西格段"）分别在西宁和关角隧道开工建设，格尔木至拉萨段的勘测工作也在推进中。不料，一九六一年，正值国家严重困难时期，青藏铁路建设被叫停。直到一九七四年，六万两千名指战员再次挺进青藏高原，青藏铁路项目重新启动。在那个物资匮乏的年代，在恶劣的自然条件下，他们忍受着多变的高寒气候，硬是扛住了高原反应，开始建设西格段。而勘测设计队也不甘落后，同时期在格拉段尽全力完成他们的勘测任务。

在西格段的建设中，最为人瞩目的当属关角山隧道。关角山，位于天峻大草原和柴达木盆地之间，被称为从柴达木进入青藏高原的"东大门"。"关角"在藏语中的意思是"登天的梯子"，从名字就可以看出，这里到底有多险峻，海拔有多高。指战员们要在关角山这个平均海拔近四千米的地方，挖一条长约四公里的隧道。

在那个年代，根本没有先进的技术和好的经验，建设者们凭借着坚强的意志和崇高的精神，靠人拉、肩扛和一些简单设备，愣是把铁路修到了海拔约三千七百米的地方。在当时，关角山隧道是世界上海拔最高的铁路隧道。

经历了两次停工，克服了各种困难，一九七九年，青藏铁路西格段全线铺轨，这段铁路终于建成了！在全国人民锣鼓喧天欢呼庆贺之时，铁路建设者们深知还有更加艰难的挑战在前方等候。

让我们再来看一看与西格段工程的施工同步进

牦牛拖车

行的格拉段勘测。

一九七四年的仲夏，铁路勘测代表吴自迪带着勘测队伍昂然登上了昆仑山。

吴自迪戴着眼镜，看上去文文弱弱的，却是全国知名的勘察大师，也是知名的铁路选线专家，专门为铁路规划建设地点和路线。他毕业于厦门大学土木工程系，毕业后一直从事铁路建设工作。一九五二年，他参与修建了中朝新建铁路。一九五五年，他从东北设计分局调到了西北设计分局，投身西北铁路建设。一九五八年，为了修建一条运煤铁路专线，吴自迪带着他的勘察小组，不顾恶劣的天气，忍受着让人极度不适的高原反应，在人迹罕至的荒郊野岭里寻找着可能性。哪怕长时间只能吃馒头配咸菜，整个小组也没有人退缩，最终圆满完成了勘察任务，积累了在高原恶劣条件下进行野外勘测的经验。

吴自迪此次接到的任务，是按照历次留下来的勘测资料，熟悉由昆仑山通向拉萨的线路。

比起十多年前，后来的勘测者幸运得多，因为他们的交通工具是有着四个轮子的吉普车。

在荒无人烟的草原，勘测队的吉普车轧过的地方，留下深深的车辙印。车辆在驶入可可西里大草原后，生活在这里的藏羚羊和藏野驴便相随左右，随着车辆一同奔跑。

吉普车飞驰而过，蓝天白云下，这些"高原精灵"一群接着一群在汽车身后跃出一道道优美的弧线。

"太美了，我们有责任保护这些'精灵'！"就在吴自迪感慨万千时，向前驰骋的吉普车突然陷进了泥里。

所有人都下来一同推车，可是轮胎陷得太深了，任凭勘测队员们怎么使劲，车依旧纹丝不动。

就在这时，远处出现了一群牦牛。有人灵机一动，说："我们可以请牧民用牦牛帮着拖车啊！"

真是个好主意！吴自迪循着牛群的方向，找到了纯朴的藏族牧民，说明了来意。热心的牧民没有任何犹豫便赶着经常驮牧包的牦牛过来，在它们身上拴了粗粗的麻绳，在一声声哞哞叫中，牦牛一齐朝一个方向使劲，终于将深陷泥中的吉普车拖了出来。

38　中华先锋人物故事汇　青藏铁路建设者

车辆行驶到五道梁时,车胎一下子泄了气。司机只好将车停在路旁的荒野里,下车检查。司机检查后想要换轮胎,打开后备箱后,却发现备胎也没气了。

司机给出的解决方案是截停一辆车,到格尔木补好备胎后再返回,可这样一来,至少会耽误两天的行程。吴自迪盯着瘪了的轮胎,突然问道:"有打气筒吗?"

司机点了点头。

"那就打气!"吴自迪斩钉截铁地说。

"可是,这是给自行车用的打气筒啊。汽车轮胎不知要打多长时间。"司机无奈地说。

在吴自迪的坚持下,所有人轮番弯下腰来给汽车轮胎打气。在海拔四千八百多米的五道梁,所有人的脸都涨得通红,累得上气不接下气,终于打足了气,他们才得以继续向风火山的方向驶去,去完成剩下的勘测任务。

尽管第一代铁道勘测者已经奠定了良好的基础,但当时青藏铁路的建设工程因为一些客观原因不得不暂时搁置,高原"天路"的梦想,也只能暂时沉睡在纸上。

直到一九七四年，四十三岁的张树森被任命为青藏铁路勘测设计总工程师。青藏铁路沿线地理环境和地质条件特殊，它的建设无法参照前人的经验。作为总工程师，张树森最关心的就是勘测数据的准确性。他不但制定了严格的勘测制度，而且亲自跑到现场核实数据。

此时，我们的勘测队伍在技术和理论上已经有了明显的进步，但是青藏高原的严酷环境一如既往，冷酷且威严地考验着这支年轻、无畏的团队。

总工程师是队伍的核心。几年间，张树森以身作则，青藏铁路全线一千多公里，他一个工点一个工点地看，一个桩基一个桩基地核实，这条最终被确定的青藏铁路线，是他用双脚一步步踩出来的。

有一次在唐古拉山口，张树森由于缺氧指甲发紫，再加上呼吸困难，甚至神志都开始模糊，在队友的帮助下，他才逐渐恢复意识。

高原的危险困难没有让他退缩，因为每当看到这些由前辈们历尽风霜、呕心沥血撰写的勘测报告时，张树森总能感到沉甸甸的责任压在肩头，他想要完成工作的决心支撑着他前行。

他带领团队,在野外科学调查和实验的基础上,建立了多个站点进行长期观测。

高原带给他们风霜和寒冷,他们给予高原耐心和尊重。或烈日暴晒,或寒风刺骨,他们在荒无人烟之处扎营,抱着对这片土地的好奇与敬意一步步前行,拿着测量仪器叩问每一块冻土,记录每一个数据。

他们记录了青藏高原在地质、地貌、气候、生态等方面的特点和变化规律,为青藏铁路的最后一次勘测积累了大量数据和资料。

一九七八年七月,在离拉萨不远的那曲,张树森带领勘测队伍正在打定测桩。那曲草原上的花草已经进入了盛开期,五颜六色的花朵在清风中摇曳,它们如同此时的铁路勘测工作一样,即将迎来下一个全新阶段。

这时,张树森突然接到一封紧急电报,内容极其简短:"勘测设计,马上停止。"霎时间,张树森感到一阵胸闷,望着眼前密密麻麻的定测桩,他难以接受这个指令。

因为此时桩子打到的地方离终点拉萨仅有三百多公里。按照原定计划，他们在年底之前就能完成作业。张树森不甘心，立刻回电报阐明当下的工作进展。

当天傍晚，众人看着渐沉天边的红日变成光点，再融入一片冷寂的青灰。青藏高原好像从来没有这么冷过，呼啸的风声像他们心中不甘的呐喊。

那天晚上，张树森辗转反侧，一夜未眠。

第二天，他接到了电报回文："桩子打到什么地方，就停到什么地方。"

那种裹挟着失望的茫然，攥紧了每一个人的心。张树森和施工人员潸然泪下。他们离开亲人数年，一路饱经风霜才站到此处啊！如今只差一点儿就能迎来胜利的曙光，却只能就此停下。

许多藏族同胞闻讯赶来为他们送行，彩色的藏袍环绕着勘测队伍，像是草原上盛开的艳丽花朵，似乎青藏高原也在默默地为他们饯行。张树森依依不舍，一步一回头地离开了那曲。

尽管离开了勘测地点，他还是尽职尽责，要求工程技术人员认真整理、封存好所有资料。他坚信，那梦中的"天路"，绝不可能永远只是一道天外的彩虹。

青藏铁路格拉段的工程虽然停了，但是勘测人员的工作却并没有停下。一九九四年七月，在青藏铁路西格段投入运营十年、格拉段第二次被叫停十六年之后，第三次西藏工作座谈会提出"抓紧做好进藏铁路建设的前期准备工作"。此后，铁道部组织设计人员选择从青海、四川、甘肃、云南四个方向进行大规模踏勘，开始了长达六年的大面积选线，最后提出了先修建青藏铁路格拉段的建议。

青藏铁路工程，虽然几经中断，但人们相信它一定会再次重启，那些中断和重启仿佛列车驶向高原停留的一站又一站。每一次停留，为的是积蓄能量继续出发，而推动着列车永远向前的巨大能量，是建设者们心中那不灭的理想之光。

硬骨头

时间来到二十一世纪，人们终于等来了青藏铁路格拉段即将重启的消息。

二〇〇〇年，中央领导同志在铁道部关于修建进藏铁路的报告上批示：应该下决心尽快开工修建。二〇〇一年，国务院总理办公会认为现在青藏铁路已经具备项目建设的条件，可以批准青藏铁路建设立项了。至此，勘查近半个世纪、经历"两上两下"的青藏铁路建设，作为实施西部大开发战略的标志性工程正式启动。如果说此前建成青藏铁路是藏族同胞心中美好的愿望，此刻，它已变成全国人民心中必须达成的目标。

李金城，一九八四年从上海铁道学院毕业后，便开始了风餐露宿的野外勘探生活。二〇〇〇年八月，时任第一勘察设计院兰州分院副院长的李金城接到了对青藏铁路进行前期勘测、确定青藏铁路走向的任务。于是，李金城带上一支由五百多人组成的野外勘测队，挺进格尔木。整整几个月，他们风餐露宿、眠霜卧雪、夜以继日地在高原苦寒之地开展勘测工作。

在对青藏铁路的设计中，对于如何规划和建设翻越唐古拉山这一段，勘测队伍和设计师们可谓费尽心思，最终提出两个方案：一是通过更长一点儿的公路垭口，海拔五千二百三十一米；一是翻过唐古拉山口，海拔五千零七十二米。

修建青藏铁路面临的最大困难是没有可以借鉴的成功经验，遇到的所有难题都要靠自己去解决。要确定这两个方案到底哪个更科学、更合理，李金城必须先啃下勘测唐古拉山口这块"硬骨头"。

唐古拉山，在藏语中意为"高原上的山"，位于西藏自治区东北部，东西走向，大部分海拔在五千三百米至五千七百米之间，山脉主体海拔在六千米以上。这里多冰川，是长江的发源地，是青海进入西藏的最后一道屏障。

八月十三日，李金城和多名年轻力壮的小伙子组成勘测小分队，每个人带着二十五公斤的设备、仪器，再随身携带几十个大饼，从唐古拉兵站出发，冒着零下二十多摄氏度的严寒，向方圆一百多公里的无人区深处进发。

此时虽然正值夏季，但在海拔五千米左右的高原，天气总是反复无常，明明上午还是晴天，下午很可能就噼里啪啦地下起了大冰雹，八九级的大风更是说来就来；而且每个人每天的食物是冻得像石头一样硬的大饼。刚在这样艰苦的环境中工作了十多天，就有队员营养不良了，不少队员患上了高原病，但在李金城的带领和鼓励下，没有人退缩，大家都咬紧牙关坚持着。

在唐古拉山口勘测的这一路，途中约有五十公里全是冻土沼泽，当时正逢雨季，沼泽地泥泞难行，车子一开进去就打滑，无法行进，只能靠徒步前行。但沼泽地危机四伏，一不小心就有可能丢掉性命。为了能顺利完成任务，勘测小分队借来了雪灾救援车，将仪器、发电机等大件设备，送到离勘测现场尽可能近一点儿的地方，还从藏族群众那儿租借来七八十头牦牛，专门驮运帐篷、睡袋、食品、药品。

九月的一天，唐古拉山上突然下起了大雪和冰雹，勘测小分队刚出发不久，两辆车便先后陷进了沼泽地，队员们顶着刺骨的寒风，费了九牛二虎之力才将车拖出来。而刚从沼泽地出来后不久，他们又遇到了车辆无法进入的地段。队员们冒着大雪和冰雹，只好从这里下车，负重前行了二十多公里才到达勘测起点，随后各自拿上仪器和工具开始勘测。

冰雹不下了，但雪越下越大，相距不远的队员甚至都看不清彼此的脸。休息时，大家只能蹲下来，背着风雪啃冰冷的大饼，喝结了冰花的矿泉水。此时，他们的衣服大部分已被雪水浸湿，冷风一吹，大家都冻得直打哆嗦。

晚上八点，雪终于停了，这时天也已经全黑了。在这片凹凸不平的草地和泥泞湿滑的沼泽中，处于极度缺氧和寒冷状态的勘测小分队没有就此返程，而是打开手电筒，在微弱的光亮里继续埋头勘测。次日凌晨两点，队员们终于完成了当日的既定任务。

紧张劳累的工作结束后，队伍中年纪最大，也一直被健康问题困扰的李金城眼前一黑，倒在了泥水里。队员们吓得赶紧掐他的人中，在队员们的努力下，他终于慢慢恢复了意识。

苏醒之后的李金城意识到，自己有可能走不出沼泽地了。他不想拖队伍的后腿，就坐在泥水里对大家说："你们把所有工具、仪器都留下，由我照看，这样你们好走路。你们先回去，然后再叫别人来接我。"

队员们深知，将他一人留在"生命的禁区"，只可能有两种结果，一是冻死，二是被狼吃掉。大家无论如何也不会抛下他，他们咬着牙，抬着李金城一路顶风冒雪，终于在早上六点，成功走出了无人区。

李金城吃尽苦头换来的珍贵数据，成为确定青藏铁路线路走向的第一手资料，最终格拉线选用了翻越海拔五千零七十二米的唐古拉山口这个方案。这一决定，直接为工程节省下八亿元的经费。

在李金城担任青藏铁路项目总工程师的那段时间里，他在拉萨和格尔木之间往返不下百次，其间，严重的高原反应与疲惫感让他经常难以入睡，体重也因此从一百七十斤跌到了一百斤。在这样的高强度工作中，李金城患上了严重的高原病。医生、同事和朋友都劝他注意休息，因为他这样是在透支自己的生命。

在深入藏族聚居区开展铁路线勘测的日子里，最令李金城难忘的，不是艰苦的工作，而是沿途美丽的风景和藏族群众的笑脸。那些笑容温暖又淳朴，仿佛能直达他的心底。"青藏高原的天是那么低，那么蓝。我们需要这样一条'天路'打通内外，让这里成为世界的花园。"这些翻涌在心头的话，在每一次疲惫困顿的时候，都源源不断地给予他力量。每次仰望天空，看到展翅飞翔的鸟儿时，他仿佛看到了青藏铁路正式通车的那一幕。

因此，面对劝他不要透支生命的关心，李金城总是说修建青藏铁路的机会来之不易，他愿意为这条铁路奉献生命。

正是在一代接一代的勘测者将近半个世纪的接

力下，青藏铁路这条名副其实的天路才逐渐从遥不可及的梦想成为现实！

青藏铁路，这条承载着几代人青春和理想的特殊线路，终于带着新世纪铁路人的梦想重新启程了。

救命的最后一根火柴

二〇〇一年六月二十九日,格尔木的南山口一片欢腾,在随风飞舞的彩旗下,人们屏住呼吸,凝神看着钻机一点点伸向地面。

轰隆!随着钻机发出第一声轰鸣,这个被搁置了近二十三年的"天路"工程终于再次启动了!人们激动地欢呼、鼓掌,庆贺的声音响彻云霄。

此时,在欢呼雀跃的人群中,一名穿着朴素的中年男子紧紧地咬住下唇,尽管努力克制,但温热的泪水还是模糊了他的双眼,随后夺眶而出。

他便是首席冻土研究专家张鲁新,此时的他已年过半百。

二十多年前,这位意气风发的青年,离开了新婚仅七天的妻子，踏上了前往青藏高原的路。张鲁新没有想到与妻子一别便是三年，更没想到，自己以后的人生与青藏高原上的冻土如此紧密地交织在一起。

由于青藏铁路途经之地的海拔大都超过四千米，所以在修建第二期铁路时，建设者们需要面对高寒缺氧、生态脆弱、高原冻土三大难题。在这三大难题中，高原冻土是最大的"拦路虎"。

这条全长一千一百四十二公里的线路，超过一半都要穿过青藏高原的冻土区域，其中更有约五百五十公里穿过连续大片多年冻土区，这几乎相当于从广州到长沙的直线距离。因此，二期工程也被称作"人类有史以来最困难的铁路工程项目"。

因为青藏铁路规划线路经过这么大面积的多年冻土区，当时有许多外国专家断言，这是不可能完成的任务。

那么冻土究竟是什么呢？为什么在冻土上修建铁路会如此困难呢？

我们都知道，水在常温下是液态的，但当温度降到零摄氏度以下时，水就会凝结成冰。想象一下，如果水渗透到土壤里，温度降到零摄氏度以下会出现什么情况？

没错！土壤里的水会和土壤一起冻结。

所以，冻土就是当土壤温度降到零摄氏度以下形成的混合着岩石、土壤和冰的土层，而且冻土层的薄和厚并不是固定的，温度升高冰会融化，从而冻土层就变薄，反之亦然。

这就好似东北冻梨，当被冻得硬邦邦时，梨中的水分变成了冰，整个梨的体积就会变大；但是当冻梨被解冻后，梨里的冰又重新变成了水，整个梨因为经历了冻结和融化的过程就变得软塌塌的。冻土层体积变大和缩小的情况其实和这个是一样的。

可想而知，在昼夜温差极大的青藏高原，冻土的状态有多么不稳定。冰冻时土地会抬升，融化时土地会下沉，火车在这样的路面上行驶，不仅非常颠簸，难以控制，而且还有翻车的危险。因此，如何在如此大面积的冻土上修建铁路是这个工程需要解决的最大的问题。

正所谓"知己知彼，百战不殆"，解决这个问题的关键就是找到青藏高原的冻土在一年四季不同温度下的变化规律。于是在一九六一年初，中铁西北科学研究院建立了风火山冻土观测站，这是世界上唯一一座全年有人值守的高原冻土观测站。

风火山地处可可西里东南，因山体呈红褐色而得名，这里的海拔高达五千米，集中了修建青藏铁路所面临的三大难题。

高原的不适感让许多刚到这里的人，连两位数的算术题都算不出来，更别说写字和思考问题了。所以当地流传着这么一句顺口溜："到了昆仑山，气息已奄奄；过了五道梁，哭爹又喊娘；上了风火山，三魂已归天。"

就是在这样一个不适合人类生存的荒原上，中铁西北科学研究院的科技工作者们怀揣着将火车开到拉萨的信念，在挑战人类生存极限的条件下开启了观测挑战。

在人烟稀少的高原上，除了要日复一日、年复一年地监测气温和土壤的数据，他们还需要经常离开风火山外出考察。

一九七六年春天，辽阔的楚玛尔河高平原上，阳光明媚，阵阵凉风掠过草原上的万顷枯草，朝着张鲁新他们吹来。这一行三人此时正前往距离营地十公里远的一处冻土地带。

下午三点，张鲁新眉头紧锁，视线不停地在手中的地图和荒凉的草原间来回移动。按照计划，他们应该在一点左右抵达指定的河边，得到数据后于四点回到营地。三人找了两个小时，愣是没见到要找的河流，但已经找了这么久又不可能放弃，于是他们继续朝前寻找。

没过多久，天空中的云团开始聚拢，渐渐将夕阳遮盖，在寒风的席卷下，天地间变得混沌不清。

"鲁新，看样子，我们今天不能再继续了。"其中一个同事说道。

另一个同事也提醒说："是啊，万一回不去，我们带的干粮和水只够支撑半天，太危险了。"

"那就撤吧。"张鲁新有些遗憾地回答。

张鲁新正看着手里的地图，发现天空中飘起雪花，便赶紧收起了手中的地图，决定先回营地，等到更合适的时间再来寻找河流。

三人循着记忆原路返回。气温骤然下降，寒风直接倒灌进他们的衣服里，即使紧紧抱住自己，也很难保持自身体温。

雪一点点飘落，天气越来越恶劣，小雪花渐渐变成了冰雹。三人一路怕雪弄湿了地图和好不容易才得到的数据，果断地脱下衣服裹住这来之不易的成果，靠着意志力在风雪中艰难行走。

到了夜里，草原没有任何光亮了，干粮和水已经消耗殆尽，连续多个小时没有进食的他们已经没有体力再往前走了。最后三人不得不选择找一个避风的地方，等待救援。

其实，在太阳下山的时候，发现三人小组仍未返回，同事们就已经焦急万分，毕竟这里是草原，交通和通信都不方便。干等不是办法，同事们就组织了部分人员前去寻找，但是并没有发现这一行人的行踪。

几个小时过去，天色逐渐变黑，同事们再也坐不住了，全员分成三路，举着火把到荒无人烟的草原上去寻找。

同事们边走边呼喊三人的名字，但他们的呼喊声似乎全部被寒风吹走，消失在黑暗中，始终没有得到回应。

不知过了多久，躲在山坳避风的张鲁新好像听到了什么，说："好像有人来救我们了！"

"对，好像有火光。"其中一个同事强撑起来，他似乎看到了远处那不该属于这片荒芜草原的一丝光亮。

可此时，他们已经没有体力去回应这些焦急的同事了。他们发出的声音十分微弱，彼此都听不清楚，更不要说在远处的人了。他们只能眼巴巴地看着同事们举着火把在眼前的山上寻人。

突然，其中一个人想起自己的口袋里有火柴。他赶忙摸了出来，一看只剩下三根了，他定了定神，迅速划下一根，但还没来得及做一下保护的动作，火苗就被大风吹灭了。

之后他又点燃了第二根火柴，张鲁新和另一人连忙挪向火柴的方向，三个人用身体挡下风雪的袭扰，努力保护这珍贵的火苗。

但是距离太远了，这微弱的火苗还没来得及引起同事们的注意就又熄灭了。三个人面面相觑，他们都知道，最后这根火柴，是他们能活下去的唯一希望。

他们慎重地划亮了这救命的最后一根火柴。看着在夜色中的小小的火苗，一个人赶紧拿火柴盒去引火，好让火烧得更旺一些，让微弱的火光维持得再久一些。

真是不幸中的万幸，最后的希望之火被焦急的同事们看到了，大家迅速奔向这里。此时，三人的脸上已经没有了血色，同事们心疼得泪流不止，同时也感到后怕。如果他们来得再晚一点儿，或者没能看到这求救的火光，这三个人恐怕就再也走不出这个黑夜了。

那一刻，所有人紧紧相拥在了一起。

在考察过程中，张鲁新和所有的勘测队员在风雪和荒原里迷失过很多次。他们曾经为了监测冻土，在零下三十八摄氏度的气温下，坚持露天工作八个小时，最后手都冻僵了。夜宿荒原，夜间风雪直接把帐篷顶掀飞，醒过来的时候，所有人身上都已盖满了雪。

也许正是因为一次次九死一生的经历，张鲁新选择将余生的热血全都投入到对冻土的研究事业之中。他坚信，冻土问题一定会被攻克！铁路终有一天能通到"世界第三极"!

一九七八年,国家做出了暂停修建青藏铁路格拉段的决定,但是张鲁新没有和多数人一样带着遗憾离开,而是毅然决然地选择留在风火山冻土观测站,默默守护这修筑青藏铁路的"最后火苗"。

时间悄然来到了二〇〇〇年。一直关注着青藏铁路项目的张鲁新得知一个消息,时任铁道部副部长的孙永福将前往格尔木,对进藏铁路做可行性调研,调研的主要内容是冻土问题,这将决定青藏铁路是否还能继续修建。张鲁新的心猛地一紧,当即决定前去"追堵"孙永福,去追赶那个在心中涌动的"天路"之梦。

在汇报厅的走廊,张鲁新按捺不住心中的激动,不停地来回踱步。他知道,冻土难题能否攻克,关系到青藏铁路工程能否再次启动。他急切地想要汇报自己二十多年来对青藏高原冻土的科研成果,告诉人们青藏铁路可以修建的充分理由。

可轮到他上台汇报时,已经是上午十一点多了,距离午饭时间只剩下半个多小时。要想在这么短的时间内完整汇报风火山冻土观测站二十多年的研究，几乎不可能。张鲁新只能争分夺秒。他语速飞快，豆大的汗珠不断地从额头冒出，着急忙慌的模样让坐在台下的孙永福看出了他的焦虑。

"你讲慢一些，不听完你的汇报，我们不散会，不吃饭。"孙永福安慰道。

听到孙永福的这句话，张鲁新感动得差点流出眼泪，悬着的心也放了下来。

而后他打开了话匣子，将这些年冻土研究团队总结出的冻土规律和解决方案一一给大家讲解。

经过这次汇报，张鲁新和同事们提出的冻土难题解决方案得到了认可，青藏铁路的修建再次被提上了日程。

二〇〇一年，为了攻克高原冻土问题，铁道第一勘察设计院组建了一支一千九百多人的队伍来到青藏铁路工程的最前线，其中就有张鲁新和他所带的余绍水、刘登科、况成明、段东明、赵世运等十二名专门研究冻土的博士生。

这支人数众多的勘察队伍，分别选在清水河、北麓河、风火山等五大实验段，针对解决冻土铺轨问题，开展了片石通风路基、通风管、遮阳板和热

救命的最后一根火柴

棒等三十九项实地实验，最终决定用片石路基、热棒和以桥代路这三个方案来应对。

我们都知道，修建铁路要铺设铁轨，而铁轨和地面接触的部分被称为路基。但是，在会随着气温升降而膨胀或收缩的冻土上，是无法直接铺设路基的。想要铺路基，就得先让冻土稳定下来，而要让冻土保持稳定的状态，我们就必须控制它的温度。

片石路基这一方法，其实就是用碎石将普通路基和冻土层隔离开，这样冻土就可以进行"呼吸"，碎石中间的空隙就是留给空气流通的通道。气温低的时候，冷空气会通过这些通道沉降到碎石下面，然后形成冻土；而气温升高的时候，热空气就能够通过这些通道离开冻土，从而让冻土层保持一个较低的温度。

所以，片石路基就像是一件为冻土量身定制的透气的"保冷衣"。

那热棒是什么呢？它又是怎样"稳住"冻土的呢？

热棒其实就是一根全密封的碳素无缝钢管，它的使用方法是一头插在冻土层，另一头露出和空气接通。我们都知道，即使是冻土，也是有温度的，热量一直储存在冻土层里。而热棒的全密封钢管里封存了一种沸点很低的制冷剂，作用就是将冻土中的热量传导到地上。

听上去热棒是不是非常像一个热量传递员？

热棒就是这样的原理。它就是通过这样的循环，把热量带走，给冻土制冷。所以不断循环之后，冻土就越来越坚硬，哪怕被高原夏天的太阳直晒，冻土也可以保持稳定。

对于情况不那么严峻的冻土，片石路基和热棒有用，但当轨道需要架在状态极不稳定的冻土路段时，冻土研究团队想出了另一个办法——以桥代路。

将长长的桥墩扎到很少会受到季节、气温变化影响的永冻层，然后再在桥上修筑铁轨，供列车行驶。即使活动层发生变化，永冻层依然会保持稳定，这样一来，行车安全就有了保障。

在孜孜不倦地理论研究下，在一遍又一遍的实验中，冻土研究团队找到了这几个灵活又科学的解决措施，完美地解决了在冻土上修铁路这个世界级难题。

二〇〇一年，青藏铁路二期工程的修建正式开启，这得益于风火山冻土观测站数据的有力支持和具体可行的冻土问题解决方案，全长一千一百四十二公里的青藏铁路格拉段项目，仅用五年就完工了。

二〇〇六年七月一日，首列开往拉萨的火车终于成功穿越了青藏高原上的雪山、冻土与冰河，和成群奔跑跳跃的藏羚羊一起，庄严地向世界宣告：中国科技工作者已经成功攻克了高原冻土筑路的技术难关！

以张鲁新为代表的一代代冻土研究专家，用信念、青春和奋斗与冻土抗争到底，终于在此刻迎来了最终胜利！

谢永江的心病

二〇〇一年，在青海省三岔河的峡谷中，流金般的阳光悄然洒落在正在操作钻机往地面钻孔的施工队员身上，照亮了一个个忙碌的身影。

在每根桩孔旁，浇注混凝土的泵车都已蓄势待发，此时，一名手拿温度计的男子正专心致志地盯着泵车中缓缓流出的混凝土，他需要确认此时的混凝土是否处于浇筑桩基的最佳状态。

确认之后，他摘下了安全帽，抱起一整箱勘查资料匆匆离开了施工现场，他想尽快回到办公室，去进行新的科技攻关。

这个人便是混凝土技术专家谢永江。谢永江个子不高，快言快语，性格幽默，做起事来有股让人佩服的韧劲。

青藏铁路有"世界冻土工程的博物馆"之称，因其沿线既有多年冻土，又有季节性冻土和短时冻土。

考虑到全球气温在不断升高，青藏高原上冻土的状态难以预测，所以对于许多难以把握的地段，铁路建设决定全部采用"以桥代路"的方案。让厚长的桥墩穿过层层冻土，深深地插入到相对稳定的土层，最大限度地减少对冻土的扰动。因此，在格拉段，共建造了六百七十五座桥梁。这段全长一千一百四十二公里的铁路上，桥梁总长度达到了一百五十九公里，这意味着行驶在这段铁路上，平均每七公里左右就会有一公里是桥。

或许你没目睹过桥梁的修建，但是，你应该遇到过立着警示牌并且绕着一圈警示带的施工现场，附近可能还有一辆用来输送混凝土的泵车。

筑路的师傅们会将混凝土倒到需要修复的公路上，然后将这些混凝土均匀地铺在路上，等待其凝结，那个动作很容易让人联想到面包店中的蛋糕师将蛋糕坯上的奶油一点点刮平的画面。

不同的是，铺满奶油的蛋糕会被我们吃进肚子里，而由混凝土凝结成的公路路基，会发挥它坚韧耐磨的特性，任由车辆来回穿梭以及风吹雨打。

实际上，不仅铺设公路路基需要混凝土，修建青藏铁路同样也离不开混凝土。想要在青藏高原的冻土上面搭建一座座坚固耐用的桥，格外艰难，这样的桥该用什么样的混凝土来搭建呢？

二〇〇〇年，中国铁道科学研究院研究员谢永江刚刚担任铁路建设所混凝土室的主任不久，国家便宣布了加快青藏铁路建设的决定。

青藏高原特殊的气候和地质条件会严重影响混凝土的性能和寿命；而且冻土层如此不稳定，要修建桥梁，就需要在冻土层里浇筑混凝土以达到让冻土层稳定的目的。但是怎么解决混凝土水化热[1]的问题呢？毕竟其产生的热量足以"熔化"冻土层。如何在高原上使用混凝土成了谢永江的心病，而这也是青藏铁路工程建设中的一个致命难题。

青藏高原的海拔太高了，气压又非常低，本应

---

[1] 水泥和水"碰撞"发生化学反应会产生大量的热，在混凝土工程中叫作混凝土水化热。

发挥着稳定剂作用的混凝土变得非常不稳定，在这里失去了它本身的效用。可是，不能稳住冻土的状态，也就无法在其上方修建桥梁。

为了解决这一难题，三十七岁的谢永江主动请缨，他坚信，这是混凝土团队大显身手的机会。

谢永江之所以如此自信，是因为此前已经有几代专家一直专注于冻土混凝土材料的研究，他们留下的大量实验数据和成果是谢永江请命的最大底气。一九八四年，谢永江刚来到中国铁道科学研究院混凝土材料研究工作室向前辈们学习的时候，得知研究院已经开展"青藏高原多年冻土地区铁路桥涵建筑低温早强耐久混凝土研究"将近二十年了。在这里，他接触到了前辈们留下的数据资料以及特殊环境混凝土相关技术的研究成果。

但是谢永江心里很清楚，理论再充分、再坚实，没有实践，终究还是纸上谈兵。在多年冻土区大量浇筑混凝土这件事，在当时的混凝土应用领域里缺少可参考的案例。所以，谢永江需要通过实践来检验这些理论的可行性及数据的可靠性，从而找到解决方案。

他太想把前辈们研究得出的数据和成果变成现实了，但实验时间的长短难以把握，要将各种实验设备、实验材料以及整个团队都带到青藏高原去显然也不现实。不过，这并没有难住谢永江。

二〇〇一年，为了能够在去高原前先模拟高原环境实验，谢永江和他的同事们一起，建立了中国第一个高原环境模拟实验室。在低海拔地区做了一个大方盒子，利用技术手段在这里模拟出海拔四千米左右高原环境下的含氧量、气压、温度以及湿度等。

这间实验室包含了太多人的心血，所以在建成那天，所有人都迫切地想要去看看这间实验室的样子。

谢永江更是激动万分，在确认模拟环境已经打开后，他穿过廊亭，走进了实验室。他还没来得及感慨，耳旁突然响起了嗡鸣声，大脑一下子模糊起来，随即眼前一黑，晕了过去。门外的同事见状吓了一跳，纷纷放下手中的材料，迅速将倒在地上的谢永江抬出了实验室。

原来，一心急着要去做实验，谢永江和大部分的同事都忘了，这间小小的实验室里模拟的是青藏高原高寒、低氧的环境。

从正常海拔地区前往青藏高原的过程中，我们的身体尚且需要逐渐适应，甚至可能需要氧气瓶的帮助，而直接跨入这扇小小的实验室门，相当于身体迅速来到了海拔近四千米的地方。

这样直接进入高海拔环境的行为，完全没有给身体适应的机会。首次进入实验室的谢永江，沉浸在兴奋中，全然忘了这一点，才会因缺氧而突然晕倒。

这间实验室确实为青藏铁路的建设立下了汗马功劳。谢永江和同事们在这里设计出了模拟实验模型，在奔赴高原之前，他们已经模拟了无数次冻土层混凝土浇筑。"那时候，大家都坚信技术上的小改进可以带来巨大的突破。"带着这样的信念，他们系统地研究了低负温、大风干燥、干湿循环、硫酸盐侵蚀、冻融等严酷恶劣环境下桩基、承台、墩柱等现浇混凝土工作性能、力学性能和耐久性能的调控技术。

为了能够在青藏铁路开始修筑桥梁前拿出成

果，谢永江团队开始与时间赛跑。他们白天在实验室里紧张地做实验，到了晚上，为了节省时间，他们就在实验室休息。

在夜以继日地实验下，谢永江团队分析出了低负温环境下混凝土对冻土的影响，研制出了适用于不同结构部位现浇混凝土及蒸养混凝土专用外加剂，获得行业内专家们的一致认可。

此时，距离青藏铁路混凝土制备难题的成功解决，就只差最后一步，谢永江觉得是时候到青藏高原去实地检测他们的成果了。

二〇〇一年六月，青藏高原上的雪已然融化，雪水悄悄从山涧流淌而下。此时正值青藏铁路混凝土工程大规模建设前夕，谢永江带着团队来到了三岔河。

尽管团队常常在高原模拟实验室中做实验，但当真正置身于真实的高原环境后，没有人能逃得过高原反应，头疼、胸闷、食欲不振、失眠、耳鸣等症状接连出现，难受的感觉折磨着这群披星戴月的研究员。

谢永江和团队成员顾不上身体的种种不适，也无心细细观赏山涧流动的清澈河水、绿意盎然的植物，他们紧锣密鼓地展开了高原实验。

青藏线多年冻土区的结构、气候与环境条件各有不同，对此，谢永江团队确定了在具体环境下使用的混凝土配制原则及施工技术要点。

混凝土的成分中，虽然没有什么特别和珍贵的材料，但是谢永江团队必须研究出最适合高原环境的"配方"，因为修建青藏铁路需要的混凝土量实在是太大了，哪怕是最普通的材料也需要大量的时间去获取和研究。

为了这些看似随处可取的材料，谢永江带领团队深入青藏铁路沿线地区，从海拔三千米到海拔四千米再到海拔五千米，他们不放过这片土地上任何一种可以被用来做混凝土的材料。

你是否攀登过高山，或者参加过长距离的户外徒步？长时间的攀爬或行走之后，一般人们会感到四肢肌肉酸胀，使不上劲。况且，这里是青藏高原，高寒缺氧更是加重了这样的疲惫感。

一路上跋山涉水，谢永江及其团队成员常常感到筋疲力尽，但是他们并不会因此停下工作。累了，他们就靠着石头歇一会儿；渴了，他们就喝口水，然后继续前行。他们以必胜的信念战胜了身体的不适与所有疲惫！

功夫不负有心人。在对沙石样本一遍又一遍的分析中，他们摸索到判定混凝土中水泥和骨料[①]的品质的方法，并且确认了可以替代部分骨料的材料。

解决了材料问题，适合不同环境的混凝土调配方法也已确定，接下来就是调配混凝土了。

谢永江带着团队，最终在铁路修建正式开工前，研究出了能够应对高原恶劣条件的高性能混凝土的配方。

在这场和时间的赛跑中，谢永江的团队取得了胜利！他们的研究成果在整个青藏铁路的建设中被大量使用，外加剂达到了八万多吨，高性能混凝土的体积更是有二百二十多万立方米，成功为青藏铁路的顺利施工创造了良好条件，也令施工一线的各单位折服。

---

① 骨料是指混凝土中砂、石、水以及各种可利用的掺合料。

一个问题解决，又一个问题出现了。混凝土的状态极易受到环境、人员及技术等因素的影响，因此在高寒超低温地段进行混凝土浇筑施工的工序流程十分复杂，但施工队并没有任何经验。为了落实研究成果，谢永江没有在交出配方后就悠然自得，而是继续和同事们奔走在铁路施工一线，对各个环节的负责人和操作人员进行知识培训，培训人数高达九百八十五人。

这是什么样的执着精神！谢永江研究铁路工程材料近四十年，他带领团队成功解决了多年冻土地区混凝土施工的关键技术难题，研究出了青藏铁路的耐久基石。

如今，呼啸的列车驶过青藏高原冻土之上的一座座桥梁，直奔拉萨。在这一座座的桥梁中，凝结的是谢永江及混凝土研究团队所有成员的匠心与执着！

二〇〇六年七月一日，被誉为"天路"的青藏铁路终于全线通车。

回望这一段段勘测过程，每一个细节都有痛苦和挫折。然而，铁路路线勘测者们以坚忍和无畏的精神战胜了这些困难和挑战。青藏高原的勘测任务是青藏铁路建设至关重要的第一步。勘测者们早出晚归、风尘仆仆，每一步都走得稳健坚定，昂扬向上。

尽管条件艰苦、任务艰巨，但建设者团队每一次都超额完成任务，这样才有了青藏铁路这一震惊世界的"超级工程"。他们用精准的数据，为青藏铁路的建设指明了方向，不仅保护了当地的生态环境，也为国家节省了大量的物力和财力。

现在，当辽阔壮美的高原之上，雪鹰振翅，钢铁巨龙呼啸而过时，我们应当铭记前人的贡献，记住他们的名字。

奇迹的缔造者，"天路"的奠基人！他们"挑战极限、勇创一流"的大无畏精神在青藏铁路沿线传承着。

青春之花

在你的想象里,"天路"是不是一条凭空出现的神奇之路,从天空深处延伸而来?

被誉为"天路"的青藏铁路是新中国成立以来最伟大的基建工程之一。它的成功问世与每一位奋力拼搏的建造者都息息相关。这条"天路"仿佛是生机勃勃的植物,在青藏高原的土地上努力生长,被建设者们的热血与汗水浇灌。

在这一路上,建设者们最先踏出了"天路"的形状。他们把壮志写在云端,把困难踩在脚下。他们数十年征战高原,与青藏铁路为伍,一路横跨长河,翻越高山,进军藏北,与最复杂的地质、最恶劣的环境交手。他们把自己的汗水和脚印留在了青藏铁路的每一寸轨道上。让我们踏着他们的足迹，一步步向前，重走他们走过的道路吧。

在青藏铁路建设中，个人的能力固然重要，但更重要的是集体携手共进、共同奋斗的决心。在青藏铁路的建设者中，有一组倩影极为亮眼。那就是青藏铁路轨排队女工班的成员。她们的工作内容是铁路沿线上极为辛苦的轨道排列，但是她们没有因为条件艰苦、环境恶劣而有过丝毫退缩。

其中有一名叫吴华的队员，她三十二岁走上青藏线，丈夫是一名先行前往青藏铁路工作的工人。得知吴华也要上高原，丈夫急忙打电话劝阻，因为他感受过高原环境的恶劣，他到工地后瘦了二十多斤，这哪是妻子能吃得消的。可是吴华却有着不服输的精神，她表面上答应了丈夫不会去高原受苦，可还是瞒着家人来到了唐古拉山的铺架基地。和她一起的，还有许多这样的女同志，她们都是顶着家庭的压力和其他阻力，抱着为铁路事业贡献自己力量的决心，义无反顾地来到这里。

二〇〇四年三月，一支由二十六名女队员组成的轨排队登上了"世界屋脊"。我们都知道，青藏铁路沿线没有什么条件好的地方，尤其这支队伍来到的是平均海拔四千七百米的安多县，这是世界上海拔最高的铺架基地，条件极为艰苦，含氧量低、昼夜温差大、紫外线强，每一个来到这里的人都要经受许多严峻的考验。可想而知，在这里工作，这些女队员需要吃多少苦。

这支队伍的分工很明确，龙门吊有十八位司机、一位控制柜司机、一位材料员，其余六人负责摆扣件和上扣件。可能很多人并不清楚龙门吊是做什么的，在青藏铁路的建设工地上，它主要的工作就是摆放几十公斤重的水泥枕。坐在操作室里的司机操控着粗钢索和吊钩，然后把水泥枕吊起，待水泥枕升至十几米高后再将其摆放在合适的位置。在摆放水泥枕的时候，扣件组的六人就配合龙门吊来安装挡板、弹条、垫片、螺帽……

来到这里，做这么辛苦的工作，顶着各种压力上前线修路的女同志还有许多，聂志娥便是其中的一位。家人听说她要去青藏铁路一线工作，都劝说她不要去，阻拦无果后甚至想要和她断绝关系，但最终还是被她的坚持打动。那年，聂志娥学医的弟

82　中华先锋人物故事汇　青藏铁路建设者

弟正在实习,当听说姐姐要去高原工作时,他就立刻开始学习怎么应对高原气候,如何休息、保健,以及在高原上工作要注意什么事项。在和姐姐的通话中,弟弟一次次叮嘱姐姐,要当心高原反应。其实那时候的弟弟也不是很了解高原反应,只能把从书本里学到的知识,通过电话情真意切地告诉姐姐。

家庭阻力、工作压力、健康威胁,都没挡住她们投身建设青藏铁路的热情。这些铿锵玫瑰,用自己的身心表达了对铁路和祖国的热爱。她们将自己的爱与真诚融进了这条铁轨,撒在了高原大地。她们用牺牲自我的方式成就了这条铁路,写下了这段传奇。

离开这些坚毅的"玫瑰",再往前走,你能看到一个有些驼背的中年人,正领着工人们从大车上卸钢筋。天空下着淅沥的小雨,中年人不时用手按压着后腰。腰椎间盘突出、腰肌劳损是几年青藏铁路建设生涯给他留下的印记。

他叫罗发兵,是一名推土机司机。在平均海拔超过四千七百米的那曲,他用精湛的手艺对车辆进行保养维护，确保了施工安全。有人做过统计，罗发兵在青藏铁路工作期间，光是靠修车和废物利用，就为项目组节省了一百多万元。

二〇〇三年初春，罗发兵从任职的中国铁建大桥工程局借来了一辆推土机，可使用还不到半个月，就总出现故障，十分影响施工进度，给施工现场带来不少麻烦，大家就想把这辆推土机还回去。

和混凝土一样，到了高原，机械也会因为各种恶劣条件而频出故障。罗发兵一直认为，驾驶技术固然重要，但是安全合理的使用、科学的保养，才是延长机械使用寿命的关键。来到这里，罗发兵就开始深入研究如何延长机械在高原上的使用寿命。他总结出的驾驶技巧，使车辆在缺氧条件下，能够充分燃烧柴油，使机械性能更加高效，所以别人需要四个小时才能完成的工作，他两个小时就能完成。

当听说要把这辆推土机还回去后，罗发兵就对这辆推土机进行了一番检查，多年的经验让他顺利排除了故障，修好了这辆推土机。此后，这辆和罗发兵有着"革命情谊"的"破车"随着项目组四处征战，八年中为铁路建设立下了汗马功劳，其单月施工量曾达到七万立方米。

然而，罗发兵并没有因为技术过硬就觉得自己可以不参与辛苦的日常工作。

二〇〇四年九月，因工期紧张，罗发兵便申请加夜班来追进度。九月份的那曲，天黑以后气温骤降，夜里的温度能低到零下二十摄氏度。在密闭的空间里工作，再加上推土机一路颠簸，罗发兵好几次都被颠得呕吐了。为了不让自己缺氧，寒夜中他开着驾驶室的窗户，有人说这样太冷了，但他说没事，晚上加班容易犯困，冷一点儿更清醒。

你看，沿着他的脚印，还有许多车辙。这一切，都是一个又一个日与夜写出的故事。

再往前走，又是一群青年。是啊，在这条道路上，总是不乏青年人的身影。这群青年正在大桥上全力拼搏。

刘广和就是其中一员。每每回忆起自己带领青年突击队在三岔河特大桥拼搏的往事，刘广和都会热血沸腾。三岔河特大桥是青藏铁路线上的第一高桥，桥面距谷底超过五十四米，桥墩高达五十二米，二十个桥墩中，有十七个是空心的，最薄处只有三十厘米。在工期只有一年的限制下，工程建设的难度超乎想象。

要完成这样高难度系数的桥，哪怕是在平原且条件好的地方，只用一年的时间也是很紧张的，更何况在青藏高原。为了能够保质保量地按时完工，项目组重新调整工序，把二十个桥墩分解成二十道工序，通过时间来划分整个工序的施工步骤和节奏。

整个施工网络宛如一张笼罩在大桥上的蜘蛛网，其间分布着上千个节点，分配到每个节点的青年突击队员就是节点的责任人。这里的冬天，气温普遍在零下二三十摄氏度，还伴随着缺氧，但工人们冒着严寒，顺利完成了大桥的混凝土浇筑施工，这在世界高寒铁路桥梁建设领域是一项创举。

二〇〇二年八月三十日，最后一片梁稳稳地落在三岔河特大桥上，完成时间比计划工期整整提前了一个月，此时，参与建设这座大桥的人都不禁热泪盈眶。

昆仑山的铁路铺轨也是在冬天。相关部门对此做过监测，实测到的最低气温达零下四十一摄氏度，风力八到十级。要是在平原地区，六级大风就得停工，但在昆仑山口，全年六级以上的大风就有一百六十天，如果参照平原地区的标准，高原铁路的修建就无法继续了。在铺轨作业不能中断的要求下，工人们二十四小时轮班完成了铺轨工作。

有一次轮班，正值大雪封路，车辆无法通行，铺路班长梁勇红担心无法按时接班耽误进度，就带领一班人顶着风雪，一步一滑地向工地走去。这一段路超过四公里，工人们你拉我我拉你，互相搀扶着，走了两个多小时才到达。

在青藏铁路这个困难重重的项目中，永远都有办法，永远都有努力拼搏的人。

再往前面走还有谁？是一位坚韧不拔的女同志的身影。她是唐古拉山天涯路上一朵盛开的雪莲，她是全国乃至全世界唯一在海拔五千零七十二米的"生命禁区"工作了两年多的女性。她就是邵尧霞。

在唐古拉越岭工地，中国铁道建筑集团有限公司十七局副总工程师邵尧霞是一位传奇女性。高原环境艰苦，工作期间甚至会遇到洪水、狼群，可这些都没有让她退缩，她坚守在自己的岗位上，哪怕暴瘦了将近三十斤，也从不放弃。她冲在建设一线，带领团队攻克了高原预制梁裂纹防治技术的关键难题；她还是教学的一把好手，为铁路建设留下了一批批技术强人。这里留下了她的故事，也留下了她的力量。

那一年，听到青藏铁路工程项目准备开工的消息后，邵尧霞和丈夫黄立泽都报了名。青藏高原条件艰苦，丈夫再三劝她不要离开舒适的家。丈夫说的都是实情，可上青藏线的人，谁家没有困难？邵尧霞把女儿交给了姐姐，把患慢性病的老人托付给当医生的邻居，和丈夫一起踏上了建设青藏铁路的征程。

刚来到高原的时候，邵尧霞高原反应极为严重，几乎患有所有的症状。可她没有犹豫，更没有退缩，一步步走在铁路建设的最前线。

二〇〇三年六月二十五日下午，唐古拉山布曲河遭遇百年不遇的特大洪水，严重威胁到施工便桥的安全。

为了确保万无一失，邵尧霞不顾危险，马上奔赴现场。她全然不顾巨浪滔天，站在最危险的地方，组织大家加固河沿，连续奋战了十六个小时，都没顾得上吃一口饭。

突然间，一个浪头打来，眼看要将邵尧霞击倒。在这生死关头，一位工友高喊着"危险"，冲上前拽住了差点被咆哮的洪水卷走的邵尧霞。经过项目组全体职工的共同努力，便桥终于保住了。

就是在唐古拉山工地上，邵尧霞作为唯一一个工作在这里的女性，努力拼搏，用自己的汗水，为铁路的建设留下了一段美丽而动人的故事。

高原上，青春之花一直在开放。

高原上的生命救援体系

高原上,传奇故事一直都在不断上演,拼搏的人也远不止这些。

铁道兵出身的徐英二十三岁从医,全程参与了青藏铁路一期和二期工程的建设。在长达三十多年的高原病防治临床工作中,她不仅编著推广了《急性高原病自查自救知识手册》,研制出预防高原病效果良好的药物,还救治了无数高原病患者。

只要有百分之一的希望,就要尽百分之百的努力去施救。徐英用行动诠释着她坚守的医德和责任。

"大夫,救命啊,快开门!"一天凌晨,结束了巡诊的徐英刚刚躺下,就听到急促的呼喊。她突然惊醒，因为她知道，这个时间来，病人的病情一定很危急。

徐英迅速给患者做了检查，判断患者应该是慢性支气管炎合并肺部感染，并伴有重度肺水肿、脑水肿。此时，患者的体温已经到了四十摄氏度，完全陷入昏迷，最高心率达到了每分钟两百次。徐英意识到问题严重，她立刻召集全体医务人员前来支援抢救，但是情况实在糟糕，医务人员经过一段时间的紧急抢救，还是没能让患者苏醒过来。

病人家属泪流满面地对徐英说道："医生啊，你一定要把他救活，他是我们家的顶梁柱，他死了，我也活不成了。"

在高原上，呼吸道疾病本身就是大病，更何况病人的情况如此严重。结合自己多年的医疗经验，配合药物和呼吸兴奋剂，徐英拼尽全力，持续抢救了四个小时。终于，患者逐渐有了意识，但精神一直处于高度紧绷状态的徐英却因过度劳累而晕倒了。

二〇〇五年五月下旬的一天，铁路上的一名职工病重，当地的医疗条件无法应对，必须立即送往

高原上的生命救援体系

格尔木救治。徐英所在的指挥部医院距离格尔木太远，七百多公里的路程中还要翻越五千多米高的唐古拉山。徐英果断决定护送患者去格尔木，而当时的她也生着病，需要休息和疗养。经过十七个小时的跋涉，患者终于被送到了格尔木医院。患者得到救治的同时，徐英也一起被送进了急救室进行治疗。没想到她才稍微恢复了一些，就坚持要回到自己的工作岗位上。

除了救治职工，徐英还为藏族同胞义诊。施工期间，她累计抢救藏族危重患者一百四十五人次，不仅保障了工程人员的生命安全，也为藏族同胞搭建了一条通往健康的生命之路。

恶劣的生存环境总会让初到高原的人备受折磨，有效的医疗被这里的人们视为救命稻草。

二〇〇一年七月五日凌晨，繁星静静点缀着夜空，藏羚羊已经进入了甜蜜的梦乡，但在格尔木中转基地里，护士们却在昏暗的灯光下忙碌着，为数十名感冒的年轻小伙子输液。

一周前，这群意气风发的年轻人，带着满腔热血和坚定的信念踏上青藏高原，如今头晕目眩、浑身无力地躺在这里。此前他们就被告知，一旦感冒症状加重，就会被送回平原地区。因为在高寒缺氧的青藏高原，一次小小的感冒都有可能发展成致命的肺水肿。

我们都知道，青藏高原平均海拔四千米以上，空气非常稀薄，但或许你不知道，在医学上，四五千米的海拔会对人体造成损害，影响健康。在这一海拔地区徒步行走，相当于在平原上背着一袋二十公斤的大米。长时间处于这样的环境，人的身体器官会受到损伤，容易患上致死率极高的高原病。在青藏铁路修建初期，由于医疗技术和科技水平的限制，高原病并不为人所熟知。

一九六一年的春天，位于祖国西北的青海寒意未尽，北风依旧在辽阔的荒原上不断呼啸。在漫天的黄沙中，吴天一背着药箱的身影显得十分单薄。他一手护着药箱，一手裹紧衣服，跟跟跄跄地朝着前方的牧民帐篷走去。

因响应国家"支援大西北"的号召，吴天一来到青海。可是当时，我国在高原病症领域的研究还是一片空白，毫无可供借鉴的经验，为了研究发病因素，本来只需要在就诊室坐诊的吴天一选择亲身实践，对高原人口开展了长达数年的走访。

为了能够获得更多翔实的数据，在长达二十年的时间里，他一路走访，吃尽了苦头。有时为了节省时间，晚上他就住在帐篷里，第二天再出发。最终他完成了覆盖数十万人的走访，由此研究出的理论，不仅填补了我国高原病症领域的空白，而且迅速被应用于实践。

二〇〇一年六月二十九日，青藏铁路二期工程破土动工，数万筑路大军开启了在高海拔地区施工的征程。吴天一研究多年苦心撰写的《高原疾病预防常识》《高原保健手册》成为这场高原征途的健康指南。年过六旬的吴天一毅然决然地加入这场征程，成为卫生部高原病科的生理研究组组长。

为了应对高寒缺氧对建设者身体健康造成的不良影响，吴天一主持制定了最周全的高标准医疗救助体系，还参与审查由原铁道部组织制定的《青藏铁路卫生保障若干规定》，从衣、食、住等生活和工作的方方面面，定下了对铁路建设者们的多重保障措施，可谓细致入微。

第一重保护措施是"准入"和"习服"制度。

为确保每位远道而来的建设者能适应高原环境，遵循高原生理规律，他们需要通过"准入"和"习服"这两道关卡的考验，才能拿到高原建设的"入场券"。

所谓"准入"，即工前体检，目的是严格掌握高原准入标准，筛选适应高原环境的人员。建设人员不仅需要在平原地区进行全面详细的体检，还需要在进入中转基地一周后再次经过针对高原反应程度的检查，进入下一轮的筛选。"习服"则是指进入高原后的适应训练，包括增加睡眠时长，适度开展体育运动，逐渐增加工作强度等。

也就是说，建设人员并不是一到高原就参加工作，而是留出时间让身体慢慢适应高原环境。这种"先生存，再生产"的科学举措，从源头起，就为建设者们的安全保驾护航，这在中国工程建设史上堪称创举。

第二重保障措施是"牛奶工程"和营养配餐。

在青藏铁路一期施工时，由于物资短缺、交通运输不便，一线建设人员的饮食条件不容乐观。他们将自己常吃的粉条、海带和干菜，戏称为"铁丝、油毛毡和嚼不烂"，许多人因此营养不良，健康状况也随着时间的推移越来越差。

到了青藏铁路二期工程，为了确保建设者们能够在苦寒的高原上吃得有营养、生活得健康，工地食堂掀起了一场大变革。

为了确保建设人员每日都能摄入足够的蛋白质，指挥部规定每个职工每天都要喝一袋鲜奶，不喝不行，这被称作"牛奶工程"。

由于高原缺氧，建设人员的消化功能有所下降，都变得不太爱吃饭，这样可无法保持精力充沛。为了解决这一问题，原铁道部不仅从社会上招聘各类厨师，还实行末位淘汰制，让厨师们进行厨艺大比拼。

巧妇难为无米之炊，在高原难为厨师的却是低气压。在这里，即便使用特制的高压锅，煮饭也总是夹生，做的面条会变成糊状，炒菜也炒不出好味道，即便建设人员的胃口再好，这样的饭菜也难以下咽。

为了解决低气压导致的饭夹生、菜难吃的问

题，铁路建设相关部门在格尔木设立了食品采购加工中心，将面粉巧妙地做成了馒头、包子和饺子，而鸡、鸭、鱼等生肉类则做成烧鸡、酱鸭、卤肉等半成品。还把新鲜蔬菜择洗干净，分袋封装，每天用冷藏式生活供应车往山上送。这样一来，不仅让大家都可以吃饱、吃好、吃得有营养，还节约了山上用水，减少了山上的厨余垃圾，甚至降低了伙食成本。

第三重保障措施是建立制氧站。

风火山隧道是世界上海拔最高的隧道，在这个离天空很近的地方，氧气不仅关系到建设者们的生命健康，还关系到生产效率。

初到这片土地，许多工人的身体产生了强烈的高原反应，为了克服缺氧所带来的种种不适，工人们每天施工时都要背着几公斤重的氧气瓶。

在高原工作本身就是超负荷的，现在还要加上氧气瓶这一额外负重，这对工人的体力的考验实在是太大了，导致工程进展极其缓慢；而且，氧气都是从远在三百五十公里外的格尔木运来的，杯水车薪、供不应求。

于是，建造大型制氧站的计划应运而生。但在当时，我国还没有建造大型制氧站的先例。为此，相关指挥部联络专家共同攻克这一难题，为修路一线的工人提供足够的氧气。经过三个多月的努力，终于建成了我国第一座高原大型制氧站。

在解决了工地的氧气供应问题后，又在制氧站的基础上开发了弥散式供氧系统，这样工人们就不用再背着氧气瓶开展工作了。

第四重保障措施是移动厕所和高压氧舱。

高原的夜空群星璀璨。多名医生逐一排查每个宿舍，挨个儿在帐篷里询问，寻找感冒人数激增的原因。

功夫不负有心人。在一次巡夜中，他们终于找到了症结所在。工人们半夜起床去厕所，不注意穿衣保暖，而宿舍和厕所相距百米，在室外温度低于零下二十摄氏度的时候，室内外的温差近四十摄氏度。行走在百米之间，有如在夏天和冬天之间来回切换。因此，很多人受凉感冒。

数日之后，随着一个个移动厕所投入使用，建设人员的感冒发病率骤降了百分之六十。从细节关照建设人员的健康，这一小小的举动，有效地保障了大家健康。

在高原施工现场，如果有建设人员突发急性高原病，送回平原地区治疗不仅费时费力，还容易加重病情。缓解病情最好的方式是迅速将病人送入高压氧舱，进行加压增氧治疗。

高压氧舱主要用于抢救高危病人，这种医疗设备体积庞大且价格昂贵，但国家首先考虑的并不是成本和效益，而是建设人员的生命健康。为此，青藏铁路工程修建了二十五个高压氧舱，建立了三级救援体系，确保建设人员在生病的时候都能得到及时有效的救治。

有了这套救援体系，铁路建设期间，没有人因高原脑水肿、肺水肿等高原病死亡，创造了令世人惊叹的奇迹！

如果你有过长时间离家的经历，那你一定品尝过思念的滋味。由于青藏铁路建设工地交通不便，大多数参建人员一年只能回一次家，远方的亲人是他们心中最深切的牵挂。

二〇〇一年中秋节，当城市里的人们享受着家人团聚之乐时,青藏铁路的建设人员仰望着高原上的圆月,眼中写满了对家人的思念。

为了缓解工人的思乡情,项目组想出了一个让工人们和家人定期保持联系的办法,那就是给建设驻地提供卫星电话,每人每月可以给家人打三分钟电话。有的单位还建起了职工文化室,开展工地摄影展、卡拉OK演唱会等多种多样的活动,丰富了建设人员的高原工地生活。

二〇〇二年春天,曾多次采访过修建青藏铁路一期工程老兵的军旅作家徐剑,再次踏上了这片土地。这一次,他惊讶地发现建设人员的生活发生了翻天覆地的变化,不仅生活质量好了,大家脸上的笑容也变多了。

比山还高的人

伴随着青藏铁路的建设历程，我们一起经历了一场漫长崎岖却又振奋人心的冒险。在无数中国人的努力下，宏大的工程变成你眼前这条壮美的"天路"。这条生机勃勃的大动脉，为青藏高原注入了活力。它太长太长了，曲折蜿蜒，随地形高低起伏，一如修筑它的过程。

经过近五十年的时间，穿过高山与冻土，跨越危险与困境，它最终被建成了。这是由无数中国人共同努力、呕心沥血而成的奇迹。

在精心的呵护下，一颗小小的种子终于破土而出。青藏铁路的建成，正是从零到一的壮举，其正式运营使它成为为沿线各族人民创造美好生活的幸福线、生命线、团结线，也成为世界铁路建设史上的标杆。

让我们坐上疾驰的列车，来体验一下这条传说中的"天路"吧！

列车上，各族同胞的脸上洋溢着欢乐；车窗外，蓝天与草原澄澈清新，远望那绵延千里的轨道，是不是让你感到无比熟悉？你看，这里是你亲眼见证建成的片石路基；你看，那边是沿铁路被划定的生态保护区，藏羚羊在其间欢快地嬉戏。

植物要茁壮生长，需要精心的呵护与栽培。青藏铁路如同在荒芜沙漠中生长的一棵大树，也离不开时时刻刻的呵护与保养。

光是建成就耗费了这么大的代价，后续要如何维护呢？山高路长，在自然条件恶劣的高原环境下，会有人一步又一步跨越险阻，用双腿丈量铁路吗？

想到这里，好不容易放下的心是不是又悬起来了呢？

不过，你不用担心。用你的双眼望一望面前辽阔的雪原，你会发现一栋小小的房子和一个举手敬礼的人。那人穿着亮色的外衣和黑色的内衬，哪怕一晃而过，也让人印象深刻。

没错，这就是青藏铁路这棵"大树"的养护者——护路员，他们被称为"比山还高的人"。

护路员在铁路沿线巡逻，每天工作八小时，每人负责两公里。在这两公里中，他们来来回回地走，每隔一百米就要俯下身来检查轨道是否平顺，一天下来，平均徒步至少十公里。他们在荒无人烟的环境中工作，能见到的人就是在由他们精心呵护的铁轨上飞驰的乘客。

青藏铁路的那曲路段，平均海拔四千七百米，冬天气温低于零下三十八摄氏度，夏天这里又经常下暴雨。就是在这样一条又危险又艰苦的路上，每天都有护路员为了确保列车的安全运行而不断地巡逻、检查。

连那曲本地人都说，没有人愿意席地而睡，除了护路员。是的，除了在雨季有一顶帐篷带着可以临时歇脚用外，护路员大部分休息时间都是随地躺。所以哪怕是常年生活在这里、适应此地环境的本地人，也觉得护路是个苦差事。

但护路员们觉得,哪怕只能够成为一枚铺路石都是光荣的,因为他们的工作保障了人民的安全。护路员于本蕃,他是这么说的,也是这么做的。

于本蕃出生于铁路家庭,二十世纪八十年代,他的父亲是第一批进藏的铁路职工,在这里工作了将近四十年。这样的工作信仰也传承给了于本蕃,长大后的于本蕃也把建设青藏铁路作为自己的职业理想。

二〇〇六年,于本蕃和前辈一起在青藏铁路格拉段最高海拔的地区工作。彼时懵懂的他还不知道,从此他和雪域高原再也无法分割,他的整个职业生涯都在为了保障铁路的安全畅通而努力奋斗。

于本蕃的工作区域海拔高、条件差、问题多,但是他一直坚持严格的工作标准,对铁轨上的任何细节都精确要求。十几年里,他在这段路上累计行走了两万多公里。看似不多,但是这可是在平均海拔四千多米的地方,散步都会让人觉得疲惫,更何况除了行走,于本蕃每天还要起立、蹲下至少五百次检查铁路,这对身体和精神都是巨大的考验。

看到这里的自然环境给铁路造成的影响,于本蕃在工作时持续观测、记录冻土的变化。他不仅为这条复杂的铁路线提出了新的冻土养护计划，还为他负责的路段找到了最合适的检修方法，他提出的方法最终被推广至全段使用。

除了完成自己的工作，他还组建攻关小组，攻克了许多设备的检修难题。

高寒、缺氧，加上频繁出现的极端天气，有时轻微的病痛和劳累都可能致命。但就在这样严酷的工作条件下，于本蕃坚持了很多年。

作为护路员，除了日常的检查和养护的工作，他们还需要将软轴捣固机[1]从七十度的斜坡抬到铁路线路上。但是这台机器有一百五十多公斤重，要想抬上去，就得前面有三个人拉，后面六个人抬。即使是在平原地区，完成这一趟搬运也很劳累，更何况是在缺氧的高原。这样的负重行动让所有人都觉得呼吸困难，所以每次近十个青壮年中途要休息好几次才能把机器抬上去。

在高原上，除了日常的检测与维护，护路员还

---

[1] 用于加固深层土壤或岩石的机器。

要面临许多突发情况,夜间突如其来的清雪作业更是家常便饭。二〇一六年,唐古拉地区突降暴雪,导致铁路道岔无法交会。唐古拉站是列车交会站,每小时都有进出西藏的列车从这里经过。暴雪一旦影响交会,就会导致数千名旅客滞留在寒冷且缺氧的高原。

情况紧急,于本蕃立刻带人赶往现场。高原的冬夜,积雪早已覆盖了道路,而且雪越下越大,工作人员清理的速度都赶不上降雪的速度,刚清理好的道岔,又被雪迅速埋没了。

于本蕃和工友们没有办法,只能靠人力与风雪对抗。他们在夹杂着冰雪的大风里反复清扫,冰雪像刀片一样袭来,零下几十摄氏度的气温,寒冷已经不是衣物可以阻挡的了,冷气似乎钻到了骨缝里。天气太冷,铲子都变得易脆,遇到坚冰直接断裂。没有新工具,他们只能戴着手套徒手刨掉积雪。他们全身都挂满了冰雪,甚至有的人外套都已结冰了。但对他们而言这一切都是值得的,因为经过他们的清理,没有任何一辆列车因暴雪而滞留在高原,全部平安通过了。乘客们有一个安稳的旅

比山还高的人

程，就是对他们最大的回报。

漫长的道路，永远不能靠一个人走完。青藏铁路的养护，更像是一场接力赛，驻守在铁路边的，也不止于本蕃一个人。

护路队由很多很多人组成，不缺人也不缺活力，但是他们的工作场所实在是太空旷了，一天当中的大多数时间，他们都遇不到一个能说话的人。偶尔见到同事，彼此打个招呼就分开了。

这份孤独和艰苦在持续考验着护路新人。

比如罗玛大队，每年都会有二十多个新人加入，但也会有人离开。初来乍到的护路员话多、热情，但孤独的工作，使有的人才来三天就打起了退堂鼓。当然，更多的人坚持了下来，驻守在自己的岗位上。

二〇〇九年，十九岁的平措扎西退伍后来到青藏铁路那曲段，成为一名护路员。自从进了护路队，他就目睹很多同事因为各种各样的原因熬不下去而离开，他也曾一度后悔来到这里。

后来，扎西努力调整自己的心态。巡逻路上，他回忆当兵时的点点滴滴，翻一翻随身带来的书，用脑海里的故事来战胜孤独。再后来，智能手机普及了，他买了手机，多了一些别的声音来陪伴他。不过，玩手机时也不能戴耳机，因为他要时时刻刻关注周围的声音。

青藏铁路那曲段平均海拔在四千七百米以上，常年冰雪覆盖，空气稀薄，氧气含量非常低。每当寒风呼啸而过，卷起的沙尘还会弥漫整个天空。

扎西退伍的时候提出想要做这份工作，全家都不同意。他们本是牧民，可在他们心里，护路比放牧还要辛苦，家人认为退伍的扎西应该在城里找一份合适的工作，干什么都比去护路队更好，但扎西还是毅然决然地来了。

长期孤独的工作无数次动摇过扎西的心，但他总有舍弃不了的人。扎西清楚地记得来到护路一线的那一天，结束巡逻后又累又饿，没想到还没进入休息岗亭他就闻到了食物的香气，原来是贡觉卓玛提着热气腾腾的酥油茶来了。

他最初以为这是走错地方的大娘，正想给她指路时，没想到她是来给自己送食物的。原来，自打青藏铁路通车后，贡觉卓玛每天都来给护路员送酥油茶和饼子。虽然家里并不宽裕，但是她从心底里感谢青藏铁路把远方新鲜的事物和在外工作的孩子们带回家，所以她坚持每天都来给护路员送香喷喷的食物。贡觉卓玛觉得，护路员也都是孩子，他们工作很辛苦，希望他们每天回来能吃到热乎的食物。于是她经常来给护路员送吃的喝的，陪他们聊聊天。

她给扎西倒了杯茶，拿出糌粑让他吃。

从那时起，每次扎西内心想要退缩时，只要想到贡觉卓玛送来的热茶，心中涌起的暖意就足以融化一切坚冰。在扎西心里，贡觉卓玛早就成了他另一个母亲。

后来，护路员们得知贡觉卓玛家人手少，一到收割季节就都在下班后去帮她收割青稞。

在当地，好像群众有什么困难，护路员都可以帮忙解决。工作之余，护路员还经常帮老乡盖房子、捡草、剪羊毛。当地人的摩托车容易坏，护路队就开了一家修车铺，让修车技术好的人给群众修车。

所有坚持下来的护路员，都深感自己工作的光荣。他们用双脚丈量过这片土地，途经的路段、桥梁都留下了他们坚毅的身影。每一个队员都认真负责、吃苦耐劳，他们都能独当一面。

认识到护路工作的光荣和伟大，扎西再也没有想过离开。同时，他也用行动和坚持，让父母感受到他对这份职业的热爱。

一次，扎西前往北京，坐在火车上的他透过车窗向外望去。那一刻，他看见了窗外向他敬礼的同事，看到了自己休息过的帐篷。环顾四周，他看到旅客们向窗外的护路员挥手致意，他们说多亏了护路员才能有这趟安稳的旅程，扎西听了，非常兴奋和自豪。看着自己工作过的地方，想着自己的工作任务，他愿意为铁路护路员这个职业奉献终生。

这份工作既守护着铁路，也保护着每一位乘客。护路员，不愧是比山还高的"天路"守护者。

绿色"天路"

青藏高原被称为"世界屋脊"。

这里风光壮美,植被分布广泛,有苍劲挺拔的云杉和碧绿如玉的草地;在海拔较高的地方,有一望无际的高山草甸和茂盛的灌木。

青藏高原也是鸟类的天堂,这里生活着许多珍稀鸟类,比如黑颈鹤、斑头雁、秃鹫、藏马鸡……

试着将自己想象成一只生活在这片广袤土地上的蓝灰色岩鸽,这里有巍峨的雪山、碧绿的草地、湛蓝的天空和洁白的云朵。但是,突然有一天,人类要在这里修建铁路,你的生活会受到怎样的影响呢?

事实上,青藏高原不仅气候多样,生态也很复杂。这里自然环境特殊，生态极其脆弱，很容易被破坏。

修建青藏铁路，不仅要应对地理环境的挑战，还要在铁路建设和运营过程中尽量减少对自然环境和生态系统的破坏，可谓任务艰巨。因此，青藏铁路建设团队最初就明确了建设过程中一定要尽最大努力保护高原生态的原则。

那么，具体应该怎么做呢？

要重点保护高原冻土。

青藏高原的冻土是自然选定的"守护神"。盛夏，它像一块储好水的海绵，随时为植物提供充足的水分；寒冬，它又像一条温暖的保暖毛毯，减缓土壤温度的下降速度，保护地表以下的植物根系。

为了保护冻土，技术人员安插了大量热棒来吸收热量，以此来保护冻土，也稳定了冻土区的铁路路基。

保护和再造青藏高原湿地也是重要措施。

湿地被喻为"地球之肾"，具有调节气候、涵养水源、防止水土流失等生态功能，是重要的生态系统。在青藏高原，湿地也同样重要。

然而，在青藏铁路建设之前，青藏高原的湿地环境已经处于较为脆弱的状态。高原地区环境条件复杂，处理起来比平原地区难度系数更大，比起如何施工，如何保护当地生态是更让工程人员头疼的问题。

工程人员想方设法采取了一系列有效措施来保护和恢复湿地环境。其中最重要的两项：一是减少破土面积，避免对湿地生态系统的过度干扰；二是采用"草皮回植技术"，保护和恢复湿地的植被。简单来说，就是在修建铁路的时候，尽量"挖最少的土，修最远的路"。

青藏铁路有一段会经过藏北羌塘草原，这片草原的湿地面积约十四万平方米，铁路穿行而过势必会对其生态造成影响，所以如何在不破坏生态的情况下修建铁路成为该项目的重点工作之一。项目部对此十分重视，为了保护湿地资源，他们花了很长时间去勘察、研究，发现当地的水草生长有自己的特点。铁路建设者们想出一个巧妙的办法：将水草移植到河边，来保护这块湿地。他们为这里留下了世界第一块高原人工湿地，努力保住了高原湿地的生态环境。

除此之外，青藏铁路必须要经过的湿地，一般通过以桥代路的方式来减少铁轨穿越湿地的面积，在整条青藏线上，这类桥梁长达几十公里。

与此同时，还有一种更加简单的方法，那就是将在铁路修建过程中移走的草皮储存起来，待铁路修建完成后，再把草皮种回原地。

从山脚到山巅，从湖泊到河流，青藏高原的草皮绿意盎然，它们是生命的象征，更是自然之美的体现。

草皮就像一层天然的绿色保护膜，能有效减少水土流失，保护高原土地。同时，通过吸收和储存雨水，能够为干旱的青藏高原涵养宝贵的水资源。因此，"草皮回植"既可以保护地表植被，又可以防止水土流失，但其过程十分复杂，不仅要耗费大量人力，还需要非比寻常的细心和耐心。首先，拼接草皮时必须非常紧密，不能出现任何缝隙；其次，草皮有薄厚之别，需要先把草皮下的土刮下来，才能进行拼接；最后，完成铺设后，为了防止草皮缺水枯死，还要施上复合肥料，并给它定期洒水。

除了要保护土地和植被，青藏铁路建设者们也非常关注当地野生动物的生存问题。青藏高原是许多野生动物的家园，它们种类繁多，但随着人类活动的增加和自然环境的改变，这些野生动物的生存环境也受到了威胁。

其中就包括我们熟悉的藏羚羊。藏羚羊的眼睛圆溜溜的，像两颗亮晶晶的黑珍珠，那短短的小尾巴就像小毛球，让人禁不住摸一摸。它们身形矫健，跑起来像一团团跳跃的棉花糖，轻盈又可爱。

在修建青藏铁路的过程中，如何保障野生动物的生活不被打扰呢？

一个重要的措施就是专为野生动物开辟动物通道，让它们可以安全通过施工区域。

倡议是由时任可可西里国家级自然保护区管理局局长才嘎提出的，他是可可西里藏羚羊的"守护神"，多年来一直奋战在打击藏羚羊盗猎行为、保护可可西里自然生态的第一线。才嘎的皮肤被高原的阳光晒得黝黑，他看起来就像一块沉默而坚定的山岩。

建设动物通道听起来简单，实则颇为复杂。首先，高原复杂多变的地理环境和恶劣的气候条件给施工带来了极大的困难；其次，设计动物通道还必须充分考虑动物不同的习性和迁徙路线，确保它们能够自由通行；最后，在建设过程中还需要采取严格的环保措施，减少对自然环境和动物栖息地的破坏。

在多方努力之下，建设部门在青藏铁路沿线建立了数十处野生动物通道，让野生动物能够沿着熟悉的路线，自由安全地穿越铁路，回到它们的家园。

野生动物通道建成后，为了保证施工后第一次大迁徙能够顺利完成，人们又为藏羚羊开展了人工清障行动。可可西里国家级自然保护区管理局的保护队员和环保志愿者昼夜不停地在藏羚羊主要迁徙区巡逻，当藏羚羊接近通道时，他们就会及时拦下车辆，为藏羚羊让道。

刚开始，藏羚羊面对新建的铁路还有些不适应，它们在附近犹豫、徘徊。经过人们的努力，它们似乎感受到了"守护神"的力量，知道自己是安全的，逐渐适应了通道的环境，敢于通过这些铁路所在区。现在，藏羚羊已经可以悠闲地在铁路附近生活了。

保护队员们为此所做的努力不仅改善了可可西里国家级自然保护区的生态环境，也让世人看到了人与自然和谐共生的美好未来。越来越多的工人和当地居民开始认识到保护野生动物的重要性，他们不再捕猎野生动物、贩卖野生动物制品，用实际行动来支持生态保护事业。

在这片神奇的土地上，人们学会敬畏自然、感恩生命，并开始注重环保、传承文化。越来越多的人学会了用心去感受大自然的美丽，用行动去保护这片土地上的每一个生命。在这里，人与大自然建立起了深厚的情感桥梁，所有人共同守护着这片纯净的土地。

火车呼啸而过时，乘客们纷纷惊叹于窗外成群结队的藏羚羊和这片土地的风景：广袤的土地上山川交错，江河纵横，湖泊星罗棋布，草原无边无际……穿行其间，他们沉醉于这里美丽的风景，流连忘返。

青藏铁路的建成，不仅缩短了人们到达雪域高原的时间，也方便了铁路沿线各族群众的生活，促进了区域的繁荣与发展，更在开发建设的同时，为这片土地上的生态平衡和无数生灵的繁衍生息打造了一条"绿色天路"。

青藏铁路展现了人类在面对复杂的生态环境问题时的智慧，既为青藏高原的生态保护带来了新的机遇，也为中国的生态建设树立了新的典范。

列车呼啸而过，仿佛述说着人类智慧与努力的传奇故事，在那列车响亮的鸣笛声中，我们仿佛听到了青藏高原上万物生长演奏出的交响乐章。愿青藏铁路继续见证人与自然的和谐共生，愿这片土地上的生命都在这条铁轨的庇护下生生不息。

最后，让我们回顾一下青藏铁路创造的世界纪录吧。

青藏铁路很高，位于海拔四千米以上的路段长达九百六十公里，穿过的海拔最高点是五千零七十二米，是世界上海拔最高的铁路线。

青藏铁路很长，从西宁到拉萨不仅穿越了沙漠、雪山和草原，还有沼泽和湿地，全程达一千九百五十六公里，是世界上最长的高原铁路。

青藏铁路是穿越冻土里程最长的铁路，创造了奇迹。这条铁路线上还包含海拔最高的冻土隧道——风火山隧道以及世界上最长的高原冻土隧道——昆仑山隧道。

青藏铁路上的火车跑得很快，在这条线路上，火车在冻土地段时速达一百公里，非冻土地段时速达一百二十公里。到了二〇二三年七月，西格段时速又提升到了一百六十公里，中国的高原铁路速度正在逐步提升。

青藏铁路名列西部大开发十二项重点工程之首，曾有国外媒体评价，青藏铁路是有史以来最困难的铁路工程项目，它将成为全世界最壮观的铁路之一。

青藏铁路工程跨越五十年，数十万科学家、勘测技术专家、工程师、技术人员、铁路兵、道路养护工全身心投入，每一根铁轨、每一条枕木都凝结着他们的心血与汗水。当动人心魄的鸣笛声响彻高原，当一列列高原列车翻过雪山，中国人勇于挑战的性格、克服困难的决心和践行誓言的能力让世界震撼！